CAMPO TOTAL

e outros contos de ficção científica

Carlos Orsi

1ª edição

São Paulo
2013

Editora Draco

Carlos Orsi
Natural de Jundiaí (SP), é jornalista especializado em cobertura de temas científicos e escritor. Já publicou os volumes de contos *Medo, Mistério e Morte* (1996) e *Tempos de Fúria* (2005) e os romances *Nômade* (2010) e *Guerra Justa* (2010). Seus trabalhos de ficção aparecem em antologias como a *Imaginários v. 1* (2009), revistas e fanzines no Brasil e no exterior.

Publisher: Erick Santos Cardoso
Produção editorial: Janaina Chervezan
Revisão: Eduardo Kasse
Ilustração de capa: Ericksama

Dados Internacionais de Catalogação na Publicação (CIP)
Ana Lúcia Merege 4667/CRB7

Orsi, Carlos
Campo total e outros contos de ficção científica / Carlos Orsi. – São Paulo: Draco, 2013

ISBN 978-85-62942-83-9

1. Contos brasileiros I. Título

CDD-869.93

Índices para catálogo sistemático:
1. Ficção : Literatura brasileira 869.93

1ª edição, 2013

Editora Draco
R. Luis Tosta Nunes, 298
Jd. Esther Yolanda – São Paulo – SP
CEP 05372-170
editoradraco@gmail.com
www.editoradraco.com
www.facebook.com/editoradraco
twitter: @editoradraco

Sumário

Campo Total é um livro especial

Campo Total é um livro especial.

Você tem todo o direito de duvidar da afirmação acima, ainda mais pelo fato de que ela vem do autor da obra em questão. Então, explico: Campo Total é um livro especial *para mim*. Ele não só marca meus vinte anos como escritor "profissional" – meu conto "Aprendizado" saiu na falecida revista Isaac Asimov Magazine em novembro de 1992 – como representa um recorte transversal de minha produção nesse período.

Nele você encontra desde peças mais antigas, que ficaram de fora da edição original coletânea anterior, "Tempos de Fúria", porque as considerei idiossincráticas demais para o público que pretendia alcançar na época (como "Um Bom Emprego") a trabalhos escritos sob encomenda para as publicações semiprofissionais que tentaram, com galhardia, preencher o vácuo de publicação de ficção científica no Brasil nos anos imediatamente anteriores ao aparecimento da Editora Draco (como o próprio "Campo Total", por exemplo).

Neste livro estão ainda meu "último"(as aspas estão aí porque, bem, quem sabe se será o último, mesmo?) conto lovecraftiano ("Toda Forma de Amor") e também histórias que são pouco mais que investigações filosóficas sobre temas como fé, ética e moralidade ("Cardeais em Órbita", "Disse a Profetisa"), e outros que fundem essas preocupações com uma outra, a minha busca quase obsessiva pela narrativa de ação e de aventura ("Terror no Planeta dos Canibais", "Nativos").

É interessante, aliás, notar como temas que se tornaram caros em minha carreira, mais recente, como blogueiro de ciência – a natureza da consciência, a relação entre sociedade e religião – já aparecem e reaparecem nesses contos, muitos escritos com um intervalo de anos entre um e outro. Se há uma unidade temática em Campo Total, ela vem diretamente da unidade de autoria.

Este livro de aniversário de20 anos de carreira é também o último livro solo de ficção científica em que meu nome deve aparecer, e por um bom tempo – o que talvez faça muita gente suspirar aliviada. Não que eu esteja abandonando a ficção científica, mas minha produção curta tende a se dirigir a coletâneas integradas por diversos autores, e meus textos longos cada vez mais se encaixam em outros gêneros, como o mistério e a fantasia.

Enfim, este é um livro especial. Ao que você poderia responder, com razão: mas não são todos?

carlos
orsi
CAMPO
TOTAL
e outros contos de
ficção científica

A equação

HÁ QUEM ACREDITE que o mundo é governado, secretamente, por um comitê de banqueiros. Que todos os presidentes, reis e ministros são parte de uma grande farsa, peões e marionetes de um grupo de financistas que se reúne uma vez ao ano, ou sempre que necessário, em um abrigo nuclear secreto, escavado por debaixo do cofre-forte de um banco suíço.

Também há quem diga que nesse cofre-forte está guardado o ouro dos Templários; o crânio de João Batista, juntamente com um frasco do sangue de Cristo; o elixir da vida eterna e a pedra filosofal; ovos do monstro do Lago Ness e do último dinossauro, morto em 1919; e outros tesouros que *eles* não querem que nós tenhamos – o único protótipo funcional de um motor de automóvel movido a ar; a cura do câncer, sabor framboesa; o reator nuclear 100% seguro; o teletransporte, o chocolate emagrecedor, o computador que raciocina e a dobra espacial.

As pessoas que creem na existência desses imperadores secretos, desses gnomos de Zurique – como às vezes são chamados – estão certas, mas não tão certas quanto pensam. O cofre-forte e seu conteúdo existem; o "bunker" existe e fica, sim, em Zurique. Mas não é o comitê quem governa o mundo. Quem governa o mundo é *prisioneiro* deles.

Este prisioneiro é um matemático e passa seus dias, há mais anos do que ele próprio se importaria em contar, numa sala de cinco metros quadrados por sete metros de altura, atrás de um fundo falso do cofre-forte. Nesta sala há uma mesa, uma cadeira, uma moringa de água. Lápis e cadernos.

O prisioneiro sabe tudo sobre computadores, mas prefere não usá-los. Os gnomos já lhe ofereceram as mais belas mulheres e também os mais belos homens; ele não aceita esse tipo de recompensa há tempos. O prisioneiro só quer ser livre de novo. Se não puder, bastam-lhe cadernos e lápis.

Ele foi preso por ser um gênio, e por ser um tolo. É engraçado isso, a frequência com que essas duas coisas andam juntas. Em 1949, o prisioneiro – que, na época, ainda era um homem livre – descobriu que certos conjuntos de equações poderiam prever, com precisão, o comportamento de sistemas que, até então, eram considerados aleatórios. Quando veio a público, vinte anos depois, essa descoberta foi batizada como "A Teoria do Caos".

O homem responsável por revelá-la ao mundo (outro homem, não o prisioneiro – ele já estava preso, na época) havia feito sua descoberta ao estudar os ventos e a atmosfera; seu primeiro conjunto de equações descrevia, com precisão, o comportamento de um velho moinho de água.

Já o primeiro conjunto de equações do prisioneiro, elaborado vinte anos antes, descrevia, nos mínimos detalhes, o comportamento do mercado de ações. Logo que perceberam isso, os gnomos (que já existiam na época: o elixir da vida eterna, afinal, surgiu no século XVI) trataram de aprisioná-lo – e de usar suas equações para melhor governar o mundo.

Mas, poucos meses depois, as equações pararam de funcionar. Elas não previam mais as altas e baixas do mercado; tornaram-se inúteis. Enfurecidos, os gnomos voltaram-se contra seu prisioneiro. Na época ele ainda era jovem e tinha medo – nem sabia que era prisioneiro, pois sua cela de então, a suíte imperial de um grande hotel em Berna, tinha um terraço aberto. Naquela época, ele aceitava as mulheres e os homens que lhe eram oferecidos.

Assustado, o prisioneiro voltou a trabalhar nas equações e descobriu onde estava a interferência: na própria existência da equação. O sistema, ele explicou, era muito sensível às condições iniciais de operação; mesmo uma diferença na sétima ou oitava casa decimal poderia fazer uma diferença enorme. Ao criar a equação, o prisioneiro havia alterado essas condições. A fórmula, afinal, descrevia o mercado de capitais tal como era antes de a equação passar a existir.

Uma nova equação poderia ser criada? Sim. Mas ela só iria descrever o funcionamento do mercado sob os efeitos da equação anterior – e, portanto, deixaria de ser útil dentro de algum tempo. Segundo o prisioneiro, a validade máxima de qualquer uma de suas fórmulas sobre bolsas e mercados seria de oito meses.

Foi então que os gnomos decidiram levá-lo para o cofre-forte. Onde, desde então, vem criando equações para corrigir equações. Sem pausa. Sem descanso.

Com o passar do tempo, o prisioneiro passou a elaborar fórmulas para outras coisas. Em suas curvas e gráficos, previu o surgimento do computador, viagem do homem à Lua; foi um de seus gráficos, aliás, que convenceu os gnomos a cancelar a III Guerra Mundial, marcada inicialmente para 1962. "Os russos vão se estrepar sozinhos", ele disse. "Deem um tempo". Mas, de novo, cada conjunto de previsões, pelo simples fato de existir, afetava a realidade e, depois de algum tempo, deixava de ter valor. Novos conjuntos tinham que ser elaborados. Sempre.

E sempre.

E sempre.

Uma vez a cada três meses, um dos gnomos vai visitá-lo. Uma vez ao ano, ele é recebido em audiência pelo comitê todo. E o comitê sempre acata tudo o que ele diz – assim, o prisioneiro governa o mundo.

Não que ele goste da ideia. Na verdade, o matemático gostaria, mesmo, é de ser livre.

Desde os anos 1980 que ele vinha pensando nisso. E numa outra coisa, também: não seria possível criar uma grande equação capaz de prever a forma de todas as futuras equações? Um gráfico que contivesse todos os gráficos? Não seria a sequência infinita de novas equações outro fenômeno caótico?

Em 1985, o prisioneiro começou a trabalhar seriamente na ideia. Em 1999, ele tinha o conceito completo. Na audiência de 2001, ele a apresentou, ao comitê, a Grande Equação do Universo.

– Deixe-me ver se entendi – disse um dos gnomos. – Com isso, nós poderemos prever todas as equações que serão necessárias, para sempre?

– Exatamente.

– Mas não vamos saber usar essa coisa – disse outro.

– É só programar a fórmula naquele computador secreto de vocês, e pronto. Ele vai cuidar do resto.

– Então nós não precisamos mais de você – afirmou um terceiro.

– Correto. Vocês poderiam me deixar ir.

Os gnomos se entreolharam. Há anos que eles vinham misturando pequenas doses do elixir da vida eterna na comida do prisioneiro – como resultado, nos últimos quase sessenta anos ele havia envelhecido dez, quinze no máximo. Solto, sem acesso ao elixir, viveria mais uns quarenta, talvez, se tomasse cuidado e tivesse sorte.

– Sim – disse o primeiro gnomo, estalando os dedos. – Vamos deixar você ir.

Um quarto membro do comitê, que ainda não havia se manifestado, reagiu instantaneamente ao estalar de dedos do colega: sacou uma pistola automática e disparou um tiro certeiro na têmpora do matemático.

Aquela era uma arma especial, que só deveria chegar ao público por volta de 2020. Portátil, silenciosa e quase sem coice, cada tiro carrega energia cinética suficiente para fazer um búfalo em disparada cair de costas. O prisioneiro estava morto antes que a bala e boa parte de seu cérebro, agora liquefeito, saíssem pelo outro lado.

Mas o matemático sabia que ia morrer. Morreu porque quis e morreu vingado. Porque sua meta-equação não resolvia o problema de administrar o mundo, apenas acrescentava uma nova ordem de complexidade. Porque, veja, ela não descrevia um mundo onde ela mesma já tivesse sido descoberta.

Os gnomos continuariam um passo atrás, e desta vez não haveria ninguém para ajudá-los.

Enquanto seu corpo sem vida rolava pelo chão da grande sala debaixo do cofre-forte, o prisioneiro finalmente se sentiu feliz.

Um bom emprego

Para Philip José Farmer

EU ESTAVA NO ônibus, saindo da academia, quando meu *HyperHand Communicator IIIe-Connect Plus* tocou. Acho meio chato usar esse tipo de equipamento assim, em público, ainda mais num ônibus – dá a impressão de que estou esnobando o povão ou pedindo pra ser assaltado. Mas a chefia exige, quer todo mundo em contato o tempo todo, e tenta tranquilizar a gente dizendo que a série IIIe do HyHand-CCP é compacta demais pra parecer um *smartphone* de verdade, e feinha o suficiente pra ter cara de celular pré-pago.

Passa por coisa de pobre, enfim. O fato de que a linha *HyHand* só deve chegar ao mercado dentro de uns cinco anos também ajuda a despistar, claro.

A mensagem da chefia é curta: dois novos grupos estavam começando nesta noite, pra eu moderar. Seguem as URLs e as senhas de acesso.

Mais dois grupos! E já era responsável por, pelo menos, outros cinco. Não era à toa que a maioria das listas sob minha supervisão estava funcionando em liberdade quase total, sem moderação alguma; eu tinha tempo para dar uma olhada nos aspectos técnicos da armazenagem de linhas e dados, e olhe lá.

Às vezes, fico imaginando quantos outros caras existem fazendo o mesmo trabalho que eu. Pior, quem será o responsável pela estrutura física do negócio? Se for para levar os boatos da companhia a sério, os dois servidores principais, na Sibéria e no Chile, nunca pararam de crescer em velocidade e memória, desde o pré-cambriano. Ainda assim...

* * *

À noite, depois de transferir os dados do *HyHand* para o meu desktop, com os grupos montados e registrados, espero os *listmembers* começarem a chegar. Como são duas listas independentes começando ao mesmo tempo, tenho de manter duas janelas de browser abertas, o que sempre gera alguma instabilidade, mesmo com o nosso sistema operacional customizado. Os servidores podem estar aí desde antes dos dinossauros, mas a interface com a web ainda é nova.

A maioria dos novatos experimenta certa desorientação nos primeiros momentos. Já achei isso divertido, mas agora, sinceramente, fico entediado. Tive uma fase em que os desastres mais especulares chamavam minha atenção – *listmembers* vindos diretamente de aviões, navios etc. – mas, hoje, o que me parece mais curioso são as pequenas mortes: as linhas que vêm de filas de supermercado, que acabaram de sair do barbeiro. Camas de hospital? Nunca liguei para camas de hospital.

Alguns se decepcionam quando percebem que, no além depois da vida, não passam de linhas de caracteres ASCII em Times New Roman, corpo doze, surgindo sobre uma tela branca. Na verdade, tecnicamente, eles são a força de vontade por trás das linhas, mas o resultado prático acaba sendo o mesmo: para todos os efeitos, depois de morto você só existe enquanto escreve. Se o Verbo se fez Carne, eu digo para os cristãos, pensem nisso como o processo oposto.

E isto não digo, mas deveriam se dar por felizes pela interface com a web. Ei, estamos até trabalhando numa rede social específica. Ouvi até boatos de que vão instalar uma opção multimídia.

Antes, as linhas (jargão para "linhas de força", que é o que esse negócio de "alma" realmente é) eram simplesmente acumuladas nos dois servidores, Chile e Sibéria, e ficavam lá, isoladas umas das outras, suas configurações eletrogravitrônicas enviando ondas pelo espaçotempo duodecadimensional e, por tabela, energizando o Grande Cerco – a barreira que protege a Terra das Abominações Indescritíveis e Impronunciáveis que Borbulham, Blasfemam, Tiram Caca do Nariz e Exalam Mau Hálito no Vácuo para Além das Estrelas, se é que você me entende.

Acredite, você não gostaria de ser apresentado a uma delas.

A interface – inicialmente, antes da web, com a Usenet – surgiu depois que os governos dos EUA e da União Soviética (havia uma, na época), sem saber do trabalho duro que vinha sendo realizado desde a pré-história, construíram seus próprios receptores/cativeiros/acumuladores de linhas. Canos e esgotos para captar a água suja da lavagem cerebral, como diziam.

Houve algum conflito (como sempre há), e no final chegou-se a uma espécie de acordo (como sempre se chega). O que acabou sendo um bom negócio, porque sempre houve acumuladores extraoficiais funcionando, de maneira deliberada ou não – velhas casas, por exemplo, animais domésticos, armas, instrumentos musicais, joias – e, com a ajuda dos governos dos EUA e da Rússia, finalmente o Projeto passou a ter pessoal suficiente para fazer a drenagem da maioria dos focos que escapava da rede geral.

Os grupos surgiram como uma exigência dos políticos. Acredite se quiser, eles morrem de medo de não ter com quem conversar depois da morte.

* * *

Na maioria dos novos grupos é assim: logo que cai a ficha, alguns membros perguntam: "Eu estou no céu ou no inferno?". A resposta, claro, é que isso só depende deles. Isto é um grupo de discussão. Você é livre para fazer o que quiser por aqui – isto é, escrever o que quiser na tela. Só trate de respeitar o moderador, e divirta-se.

Assim que essa segunda ficha cai – de que não há qualquer juízo de valor implícito no negócio – não a maioria, mas a *totalidade* dos grupos degringola em sexo animal. Com a vantagem (ou desvantagem, aí depende do ponto de vista) de que, como nos grupos só há Verbo e nenhuma Carne, você pode fazer o que quiser com quem quiser e do jeito que quiser que ninguém realmente vai se machucar, engravidar ou processá-lo.

Essa fase pornográfica é sempre fogo de palha. Depois do bissexualismo generalizado, do *grand-tour* dos orifícios corporais e do bestialismo – não, não há animais irracionais nos grupos, mas isso não impede as linhas de imaginá-los – a turma meio que sossega.

É só aí, então, que cada grupo revela, realmente, sua personalidade única.

Acho que é essa fase, constante, do sexo maluco dos grupos que me fez virar rato de academia. Digo, até começar nesse emprego, sempre fui um cara meio nerd – magrelo, mas com barriguinha de chope, óculos, você conhece o tipo, pele meio esverdeada, é, isso aí – mas a experiência me fez ver como tenho sorte em ter um corpo. Ou, como é patética a vida sem a carne. Como é bom flexionar os músculos; como é gostoso cagar. Como uma dorzinha nas costas, de vez em quando, pode ser o toque que falta para uma vida feliz.

Então, hoje em dia, passo quase todo o meu tempo fazendo ginástica em academias, correndo nos parques ou, a melhor coisa depois do sexo, praticando esportes de alto contato – kickboxing, kung-fu, Jeet Kune Do.

Também me empanturro de comida, para depois voltar aos aparelhos, ao ringue ou ao tatame e queimar as calorias todas. E passei a me dar bem com as garotas, mas isso não muito vem ao caso.

Meu chefe me arrumou um emprego diurno, de fachada, para as pessoas não desconfiarem demais, ele diz, mas também não preciso aparecer muito por lá, então *realmente* passo quase todo o dia, todos os dias, me exercitando, de uma forma ou de outra.

O emprego? É na sala de anatomia da Faculdade de Medicina. O que não deixa de ser uma ironia – cuidar das embalagens durante o dia e dos conteúdos, à noite.

* * *

Dos dois novos grupos, um ia se prolongando na fase pornográfica, e logo percebi que não estava pra acontecer nada de muito interessante por lá. É mesmo incrível como tantas pessoas e tão diferentes, levam exatamente as mesmas fantasias para o túmulo.

O outro, no entanto, saiu dessa rapidinho. Isso me chamou a atenção e resolvi acompanhá-lo mais de perto.

Era um grupo de gente que escreve poesia. Veja bem, não estou dizendo que era um grupo de poetas: estou me referindo a outra coisa. Mesmo na fase pornográfica, um grupo de "gente que escreve poesia" é como uma bacanal de onanistas – degringolando, rapidamente, em direção ao que eu chamo de Síndrome de Autismo Concretista: SAC, para encurtar.

A SAC é uma espécie de trauma que afeta algumas personalidades que entram no sistema – um efeito mórbido causado por esse negócio de ser reduzido a linguagem em estado puro. Afinal, se o Além é uma página em branco e você só existe para ele enquanto escreve, dá para dizer que, em resumo, *você é aquilo que escreve.* O efeito, digamos, ontológico que essa conclusão tem, em algumas linhas, é horrível demais para mencionar.

A SAC produz coisas assim:

A MORTE CHEGOU
AMOR CEGO TEU
A MOTHER EGO
AMORT CEGO
AMOR CEGO
AMORCEGO
MORCEGO
COMER
AMOR
CEGO
EGO
CEGO
AMOR
COMER
MORCEGO
AMORCEGO
AMOR CEGO
AMORT CEGO
A MOTHER EGO
AMOR CEGO TEU
A MORTE CHEGOU

Que é exatamente uma das merdas que eu vi no meu segundo grupo daquela noite, sob o título "Areias do Tempo" (note, caro leitor, a sutil forma de ampulheta dos versos). E que deveria ter me deixado esperto logo de cara.

O, perdão, "poema" acima vinha de uma linha que assinava "Lydya", o que, também, estava longe de ser um bom sinal. (É política nossa permitir que as linhas escolham seus *nicknames* livremente o que, mais uma vez, demonstra a absoluta falta de imaginação desta nossa racinha de merda. Acredita que, numa espécie com seis bilhões de membros ativos e 20 bilhões de linhas estocadas, em algumas listas o moderador tem de arbitrar, por exemplo, quem, afinal, vai ser o "f0dã0", o Dr@cula ou o DeS@de?).

Mas não me liguei na hora, e fui deixando a coisa rolar.

* * *

Só me toquei de que havia algo seriamente errado semanas depois – bolas, com sete grupos para moderar, fica difícil acompanhar tudo.

Os sinais foram os do vampirismo clássico: perda gradual de energia de alguns participantes, seguida pelo desaparecimento puro e simples das vítimas. O primeiro a sumir foi um tipo meio decadentista chamado RAM.b@aud. Depois, o inevitável DeS@ade do grupo, e em seguida um certo MiStEr MoNsTeR. Cinco ou seis desses caras; todos de identidade masculina (o que tinham sido de fato, enquanto estavam vivos, era irrelevante).

Vampirismo não é uma coisa difícil de se fazer com uma linha, desde que se saiba como. E muitos *listmembers* acabam aprendendo meio que por instinto. Segundo os nossos teóricos, o processo funciona como uma interferência cumulativa, em que a função de onda da vítima vai sendo sincronizada, paulatinamente, com a do algoz, até que as duas se tornam indistinguíveis e, por fim, a mais fraca acaba engolida.

O resultado, e não é bom ter ilusões a respeito, é a extinção da linha consumida. Um dos mais tristes fatos da morte, e preste atenção nisso porque um dia você vai precisar, é que a "alma" *não é* indestrutível. Uma linha é como um risco de giz num quadro negro e há uma ou duas coisas que podem sumir de vez com ela. Uma explosão nuclear, por exemplo. Uma tempestade solar especialmente forte; e se alguém resolver formatar o servidor.

Valsar com uma linha-vampiro tem o mesmíssimo efeito.

Vampirismo é ruim para o sistema: é melhor ter muitas linhas de potência média alimentando o Grande Cerco da Realidade do que só uma ou duas, por mais fodonas que sejam. Sem falar que linhas excepcionalmente poderosas podem entrar em contato e negociar em separado com as Coisas Que Borbulham, Blasfemam etc. e *ad nauseam*, o que seria um péssimo negócio. Pra firma, claro.

Agora, uma das consequências do fato de as linhas só existirem realmente como texto é que toda interação entre elas, não importa qual, sempre se dará por escrito. Nós, moderadores, logo aprendemos a rastrear esses padrões; e não posso dizer que tenha me surpreendido ao descobrir que nossa sanguessuga particular era a senhorita "MOTHER EGO" em pessoa, a poetradora Lydya.

O diálogo a seguir é um exemplo do que quero dizer:

Lydya – Tumba fria. Sangue de mármore. Flui. Brancovermelho. Mortecalor. Morcegodador. Eu/Você: V@mpiro$!

RAM.b@aud – Lindo, Lydya! Suas palavras fluem por mim como uma brisa de verão... bits refrescantes... Tremeluzentes... Bruxuleantes...

Lydya – Obrigada RAM... você é um amor... Mas, nesta... lápide eletrônica... não há muito mais... que possamos fazer... afinal... Apenas... vagar...

RAM.b@aud – Às vezes, sinto você tão perto de mim... Tão... próxima... Sem sentido...

Lydya – Sentidolágrima... Então venha... escrevamos... à luz do luar desta tela... Dancemos...

RAM.b@aud – Meu sangue de luz
Lydya – Como um elétron vermelho
RAM.b@ud – Meu vaso partido conduz
Lydya – Ao outro lado do espelho
RAM.b@aud – Sem medo da cruz
Lydya – Mesmo depois da morte
RAM.b@aud – O poder que seduz
Lydya – Na paixão, o mais forte
RAM.b@aud – Entregue à sorte
Lydya – Seu sangue de luz
RAM.b@aud – Meu elétron vermelho
Lydya – Que a mim conduz
RAM.b@aud – Nossa face no espelho?

E assim por diante.

Ainda comigo? Parabéns. Eu tenho que aturar coisas assim o tempo todo. Desculpe a poestração, que continua atroz, mas talvez o processo tenha ficado um pouco mais claro.

Lembre-se, a única expressão, o único indicador da identidade de uma linha é o texto que ela produz. Se outra linha pega, transmuta, processa e absorve o seu txt... Se você permite que isso ocorra... Puro vodu eletrônico: aqui, o que se faz ao mapa *realmente* acontece ao território. E Lydya era boa nisso.

RAM.b@aud ela levou assim, nesse repentismo besta; com DeS@ade, o lance foi bem, mas bem mais animal.

Não, não vou transcrever o processo aqui.

Os arquivos da lista me mostraram que a garota dominava tudo – da poética mambembe à dialética fajuta, não tinha pra ninguém. E, claro, a cada linha vampirizada, mais forte Lydya ficava.

Por isso me surpreendi quando descobri que a garota havia dado um *unsubscribe* na lista.

* * *

Às vezes acontecem coisas assim.

Vazamentos e fugas.

Vazamentos são mais comuns: uma linha desliza por uma brecha qualquer do sistema e acaba caindo na internet dos vivos. Há uns dois ou três casos assim por semana – isso, em escala mundial. A maioria rola nos EUA; no Brasil, o último envolveu um cara no Rio de Janeiro, colecionador de gibis, se não me engano.

Essas almas penadas cedo ou tarde acham o caminho até uma comunidade do Orkut (onde o risco de serem encontradas é quase zero) ou até uma página web perdida, uma daquelas construídas em 1995 ou 96, nos primórdios da hospedagem gratuita e que ninguém mais se lembrou de ir ver ou tirar do ar. Alguns pobres coitados viram *worms* de e-mail.

Nós temos robôs de software que varrem a rede em busca desses desgarrados.

Já a fuga é um troço muito mais complicado. Mais raro, também.

Nesse caso, a linha não "escorrega" para fora do sistema; ela decide deixá-lo.

Deliberadamente.

O caso de Lydya era ainda mais excepcional porque, na maioria das vezes, linhas que entram em SAC e vampirismo tendem a se sentir tão confortáveis, tão absorvidas no ambiente do grupo que muitas vezes chegam a se esquecer de que há um mundo lá fora. Ou uma Net. Merda, a maioria dos casos de SAC envolve pessoas que, no fundo, se sentem *gratas* por terem sido reduzidas a puro texto, e com audiência cativa, ainda por cima!

Mas, lá estava, piscando na tele de gerenciamento do grupo: Lydya, *unsubscribe*.

E, um pouco mais abaixo:

"COMMAND STATUS: ACCEPTED".

Com o susto, tudo ficou escuro. Cegueira total!

Fechei os olhos.

Respirei fundo.

Fechei com força.

Soltei o ar.

Abri de novo.

Lá estava:

"COMMAND STATUS: ACCEPTED".

Merda.

Quando realmente vi o diagnóstico, acho que gritei. Acho, também, que depois levantei e dei um murro da parede. Disso estou um pouco mais certo, porque tem o pedaço de gesso esmagado, em cima da cama, e a dor filhadaputa na mão pra confirmar.

E aí não me restava mais nada a fazer além de ativar os protocolos de segurança, avisar a chefia e arriar as minhas calças – morais, físicas e profissionais – para o nabo que, inevitavelmente, iria chegar.

* * *

A punição veio em partes.

Primeiro, fui afastado da moderação de *todos* os meus grupos. Depois, a jornada de trabalho na sala de anatomia aumentou – o que não deixa de ser um castigo ao estilo chinês, sutil até certo ponto, irônico até certo ponto e, a partir daí, obviamente brutal.

Como assim?

O fato é que, entre mentes sem corpo e corpos sem mente, o segundo grupo pode ser menos irritante, no curto prazo. Mas, conforme as horas e dias vão passando e você é alguém como eu, que *sabe* que um pedaço das pessoas tem um tipo de vida além... É inevitável pensar: se uma parte pode, por que não as outras?

Depois de um tempo, era como se minha nuca formigasse continuamente; era como se eu esperasse, a cada instante, que as mãos dentro das jarras dessem tapinhas no vidro ou os que olhos, boiando nas garrafas, mesmo sem pálpebras, piscassem para mim.

Coisas do tipo.

Para piorar, estava rolando uma sindicância na faculdade, sobre o corpo de uma garota de dezesseis anos que havia desaparecido logo após a triagem inicial.

Instituições que lidam com cadáveres morrem (sem trocadilho) de medo de escândalos de necrofilia – *bad for business*, como diriam os gringos – e, resultado: todo mundo estava muito, muito tenso.

Estresse agravado pelo fato de que a mina desaparecida tinha toda a pinta de ter sido gostosa. Era o que dizia a ficha: um metro e noventa de altura, setenta e cinco quilos. Medidas, assim-assado-assim.

Dava pra concluir que devia ter sido uma perfeita pilha de músculos, sem realmente ter corpo de halterofilista. Você saca o tipo. Mais encorpada que uma supermodelo, mas apenas o suficiente para ser uma mulher de verdade. Dar uma boa briga.

Morena. Olhos verdes.

Morta.

Mexeram-se uns pauzinhos nos bastidores e, pronto, virei suspeito.

Tenho de admitir que, independente de qualquer armação, eu *era* suspeito: um funcionário que trabalhava pouco, ganhando muito. Nunca havia realmente me preocupado em cultivar amizades com o restante da equipe. A diretoria sabia que eu contava com amigos influentes, mas parece que meus padrinhos tinham todos saído de férias ao mesmo tempo, os filhos da mãe.

Melhor, só se escrevessem "bode expiatório", com batom vermelho na porra da minha testa.

Era óbvio: como parte do castigo por ter permitido a fuga da *alma* de uma mulher, eu era acusado de ter roubado o *corpo* de outra. Sacou? Sutil. Fino. Inteligente.

Rá-rá-rá.

Mas, se achavam que iam me pegar desse jeito, estavam todos errados.

Nem me abalei.

As perguntas indiscretas da comissão de sindicância não eram nada; o risinho maroto dos colegas, pelas costas, não era nada; a enfermeira que eu vinha tentando comer há três meses de repente não olhar mais na minha cara? Nada.

O "segurança" de óculos espelhados, camisa florida, medalhão no peito, trezoitão na cinta e cara de ser o irmão oligofrênico do Torquemada?

Nada, nada, nada.

Só fiquei *realmente* preocupado quando um motoboy deixou, lá em casa, um pacote com a segunda parte de minha, assim chamada, "punição oficial". Isso, três semanas depois do início da *primeira* parte, a suspensão dos grupos e a ampliação do horário na sala de anatomia.

Porque, oficialmente, note, a crise na faculdade não tinha nada com isso. Mera coincidência.

O pacote era um embrulho de papel pardo, lacrado com fita adesiva. Meio pesado. Forma de paralelepípedo, mas um tanto quanto irregular, aqui e ali.

Dentro havia recortes de jornal, um mapa da cidade com um "x" marcado em vermelho sobre um beco perto da faculdade de medicina. Uma seta partia do "x" e apontava para um horário anotado na borda do papel – 00h14.

Além do mapa e dos recortes, o embrulho trazia uma caixa preta, retangular.

Olhei para o meu relógio: eram 23h32.

Os recortes eram notas curtas sobre alguns homens (dois indigentes e um adolescente de classe média) encontrados mortos, nas últimas semanas, com as gargantas dilaceradas, emasculados e sem nenhuma gota de sangue no corpo.

A caixa preta continha um cabo de computador. Um cabo longo, de quase três metros. Numa ponta, um plugue do tipo compatível com o meu *HyperHand Communicator IIIe-Connect Plus* (nada de porta USB para ações de emergência).

Na outra, uma estaca de madeira.

* * *

Cruzei a cidade de táxi.

O beco apontado no mapa ficava nos fundos de um velho teatro

– um daqueles meio alternativos, pequenos e baratos, com o palco (uma elipse quase circular) e a plateia (uma arquibancada de concreto) dispostos ao velho estilo grego, em forma de anfiteatro. Mais uma experiência cultural dos anos 1970 engolida pela boca do lixo.

Ali no beco encontrei uma porta de grade de ferro, tinta preta descascada, ferrugem por baixo.

Destrancada.

Peguei a maçaneta e puxei: a grade se abriu, girando nas dobradiças com suavidade e no mais perfeito silêncio.

A passagem dava acesso a uma escada que descia, uma meia dúzia de degraus, e então a um corredor. Escuro, com uma luz branca brilhando ao fundo. Havia portas laterais, mas estavam todas trancadas.

Caminhei até a luz.

Cheguei então ao palco do anfiteatro, iluminado por postes de luz fluorescente, muito forte, muito branca, colocados logo na primeira fileira da arquibancada. Essas luzes estavam todas voltadas para o centro da elipse e, por causa disso, era impossível enxergar o quê, ou quem, estaria nas fileiras superiores da plateia. Olhar diretamente para a arquibancada era olhar diretamente para uma das luzes e ser ofuscado.

Mas é claro que tinha gente lá. A atmosfera me dizia isso. Era uma atmosfera de sala cheia.

O corredor por onde eu havia entrado era o prolongamento de um dos eixos da elipse que formava o palco. Olhando à frente, à direita e à esquerda, mesmo com as luzes fortes, pude deduzir, pelo padrão da penumbra, que havia outros três acessos à arena – uma palavra que começava a parecer melhor do que "palco" – onde eu estava, um, adiante, continuando no mesmo eixo, outros dois no eixo perpendicular.

Ouvi um ruído ao alto e à esquerda, algo que talvez fosse um pigarro. Tomei isso como uma espécie de deixa e retirei a estaca e o cabo do bolso interno de minha jaqueta. Ato contínuo, pluguei a ponta solta no meu *HyperHand*, que trazia preso à cintura. A estaca podia ser de madeira por fora, mas havia circuitos do lado de dentro: antes de sair de casa eu tinha dado uma olhada na ponta, afiada, com uma lente de aumento, e encontrara pequenas agulhas, dispostas num padrão que me fez lembrar de uma velha porta PS/2.

Então, alguém bateu palmas na plateia – não como em um aplauso, mas como um imperador romano pedindo o próximo cacho de uvas – e, pelo corredor oposto ao meu, veio rolando a jaula.

Era uma caixa retangular, de dois metros de altura por um metro de lado, na base, montada sobre quatro rodinhas esféricas.

É claro que pessoas escondidas no corredor, atrás das luzes, devem tê-la empurrado, mas ver a jaula deslizar, como que por vontade própria, em minha direção, não foi uma das experiências mais agradáveis de que me lembro.

Dentro da jaula? Uma mulher de um metro e noventa, setenta e cinco quilos, coxas grossas, firmes; musculosa – não muito: o abdome perfeitamente definido, mas bíceps que só eram visíveis quando ela flexionava os braços –, longos cabelos negros.

Olhos verdes.

A pele de um branco acinzentado, como um lençol deixado muito tempo exposto à fuligem.

Nua. Perfeita.

O rosto também seria lindo – não fosse a boca, rasgada e deformada por uma profusão de dentes do tamanho de lâminas de canivete suíço e tão afiados quanto.

– Lydya? – perguntei.

Ela rugiu. Tenho certeza de que queria dizer "sim, eu mesma".

– Vamos começar, pois não? – disse uma voz, vinda da arquibancada. Eu a conhecia. Não era o meu chefe imediato. Nem o chefe do meu chefe, por falar nisso. Tive um calafrio: o cheiro da minha merda tinha chegado alto. Muito alto. Mais alto do que qualquer uma das minhas preces jamais chegaria.

Não tive muito tempo para pensar a respeito, porém.

Cargas explosivas, certamente detonadas por controle remoto, destruíram a fechadura e as dobradiças da porta da jaula. Com um estrondo dramático, o retângulo de metal caiu, fazendo uma rampa que ligava o piso da cela ao chão da arena.

Lydya rugiu novamente.

* * *

Ela saltou para fora da jaula, mas não diretamente sobre mim. Eu, de minha parte, segurava a estaca na mão direita, como se fosse um facão, e me mantinha meio agachado, braço esquerdo um pouco mais estendido, protegendo o pescoço.

– AMORT CEGO! – ela gritava, enquanto nos estudávamos, girando lentamente no perímetro da arena. – MORTEGO!

Lydya também usava o braço esquerdo para fazer guarda, mas, no caso dela, à altura dos seios e do coração, não da garganta. Minha intenção com a estaca devia parecer terrivelmente óbvia.

Aos poucos, fomos nos aproximando. Logo estávamos junto ao centro da arena; se ela respirasse, eu poderia sentir o hálito – mas não era o caso.

Decidi tentar uma manobra arriscada: de repente, dei uma girada rápida de quadril e joguei o pé direito com força, de sola, diretamente sobre o joelho de Lydya, na esperança de lhe quebrar a patela, deixá-la sem apoio e acabar de vez com aquilo. Ela foi mais rápida e reagiu com um curto salto para trás. Sem alvo, fiquei desequilibrado e Lydya aproveitou o momento para tentar um chute seu – que me acertou em cheio no rim.

Rolei para trás, e estava em pé antes que ela tivesse tempo de tirar mais proveito, ainda, da vantagem. Em seguida, trocamos socos: eu a atingi com um cruzado de esquerda na face e com a ponta da estaca no ombro, tirando um jato de sangue, enquanto que ela me deixou com um hematoma enorme no mesmo braço esquerdo (que usei, depois do cruzado, para aparar um golpe) e, com as unhas – ou melhor, garras – me arrancou o peito da camisa e um belo bocado da carne por baixo.

Lydya então enfiou a carne na boca e mastigou com gosto, sem por um único instante tirar os olhos de mim.

– AMOR COMER EGO! – ela grunhiu, enquanto meu sangue lhe escorria pelo canto da boca.

Enfurecido, fiz uma finta com a estaca, na direção geral do coração, e em seguida fui direto ao abdome, mirando um ponto um pouco à esquerda do umbigo. Ela aproveitou a inclinação do meu corpo e, com um movimento rápido da mão – ao mesmo tempo em que se afastava da estaca – arrancou minha orelha esquerda.

A dor e a súbita perda de equilíbrio – ela havia evitado o ataque como um toureiro evitaria o touro, girando de lado e permitindo que meu corpo seguisse seu curso – me projetaram, de bruços, no piso de concreto.

No instante seguinte, Lydya estava em cima de mim.

Ela simplesmente saltou e caiu, sentada, sobre minha coluna, um pouco acima das nádegas. A espinha não se partiu por pura sorte, mas fiquei totalmente paralisado, sem fôlego. Sentia um enjoo horrível na barriga e dezenas de pequenas dores pelo corpo.

A estaca escapou de minha mão, embora continuasse presa ao cabo.

Senti o peso de Lydya desaparecer de minhas costas, por um instante. No momento seguinte, suas garras me seguraram com força pelos ombros e me fizeram girar.

O cabo da estaca deu uma volta completa em minha cintura. Eu agora estava deitado de costas, olhando para cima. Lydya estava sobre mim, agachada, o sexo nu pairando sobre minha virilha. Eu, hipnotizado, olhava nos olhos da morta.

A boca deformada sorriu.

– AMORCEGO! – disse ela, ao mesmo tempo em que começava a acariciar minha braguilha com a ponta dos dedos. A despeito de mim mesmo, logo senti a pressão familiar contra o zíper do jeans, crescendo de dentro para fora.

Ela também sentiu.

Sorriu.

E, com as garras, arrancou zíper, pano e toda a carne que havia por baixo.

* * *

– A MOTHER EGO! – ela gritou, ao mesmo tempo em que eu também gritei alguma outra coisa, inarticulada, subitamente livre da estranha hipnose e, com a mão esquerda, agarrei a estaca, ainda dentro de meu alcance, e a cravei no peito do monstro.

O consolo, se algum pode haver, é que ela não teve tempo de mastigar minhas bolas até o fim.

Segundos ou horas depois, enquanto eu ainda flutuava à beira da inconsciência e da exaustão, meu *HyperHand Communicator IIIe-Connect Plus* disse, em sua voz calma e sempre solícita:

"FILE ACQUIRED // DOWNLOAD COMPLETED"

* * *

Não fiz reimplante. Não foi necessário. Os chefes têm um remédio que faz as coisas crescerem de volta; a orelha, sim, e o resto, também.

"Você caga, você limpa". Essa é a norma geral da companhia e foi nisso que o meu castigo se baseou. Porque a linha-vampira Lydya havia fugido não para a internet, mas para a memória do meu *HyHand*, durante uma troca qualquer de arquivos com o desktop; e, do *HyHand*, tinha se projetado para o cadáver na faculdade – o corpo de uma aspirante a atleta profissional chamada Noêmia, por falar nisso.

Na avaliação da firma, essas transferências todas só tinham sido possíveis porque eu era um relaxado com os meus protocolos de segurança. Principalmente o salto do computador de bolso para o corpo: só poderia ter acontecido se eu tivesse largado o aparelho *ligado*, com a porta wireless *aberta* e no alcance de uma interface neural – tecido nervoso exposto, ou os olhos. É mais provável que Lydya tenha feito seu upload para o cadáver pelo nervo óptico.

O problema desses uploads é que, uma vez lá dentro, a linha nunca tem o mesmo nível de controle e de autonomia verbal que possuía em relação ao hardware original, de fábrica. Na maioria das vezes, o controle somático aumenta *muito* – a ponto de, se quiser, a linha fazer crescer garras e presas ou, às vezes, até mesmo *asas* no hospedeiro – mas as funções superiores de comunicação e linguagem viram geleia.

Afinal de contas, fazer Carne virar Verbo é bico; o contrário, se é que alguém ainda se lembra, é um milagre.

E assim, Lydya – que, aposto meu saco novo, quando viva devia ser uma gorducha nanica que se vestia de preto, usava olheiras roxas artificiais e declamava poesia nos cemitérios – resolveu aproveitar a oportunidade para viver suas fantasias favoritas.

Os chefes a encontraram, prenderam e resolveram que eu deveria cuidar de reintegrá-la aos grupos.

E perder as bolas no processo, pra aprender uma lição.

"Você caga, você limpa".

Mas eu não reclamo, não. É um bom emprego.

Toda forma de amor

ESTA É A madrugada mais fria do ano e Milena dorme sozinha, no centro de uma cama talvez grande demais. Inconsciente, abraça com força os joelhos, queixo apoiado na clavícula, a sensação de uma mão gelada, dedos glaciais, um desconforto febril, no espaço entre os seios.

Os mamilos intumescidos pelo frio, roçando o algodão do pijama, deslocam elétrons, perturbam neurônios, dão origem a semissonhos, quase eróticos, quase repugnantes.

Milena é salva dos sonhos por um som, uma única nota de uma única corda de violino – o sinal de que chegou um novo e-mail.

No quarto escuro, a primeira coisa que vê são os olhos verdes do link de banda larga, redondos e minúsculos, um perfeitamente límpido e fixo, como um ídolo de jade de filme B. O outro, bruxuleante, piscando, nervoso.

Ela precisa erguer a cabeça um pouco para ver o brilho imbecil do LED ciclópico do subwoofer, e então se lembra de que havia ido dormir ainda com alguma coisa tocando no iTunes. A playlist terminara horas atrás e a máquina ficara lá, ligada, idioticamente, vigiando o quarto escuro com olhos verdes que nada veem.

Até reagir, também idioticamente, à chegada do e-mail.

Estendendo a mão esquerda, Milena bate no interruptor ao mesmo tempo em que, com a direita, esfrega os olhos. As pupilas verdes se contraem em resposta à luz branca, fluorescente, que enche o quarto de paredes amareladas, enquanto a mulher apalpa uma das laterais da cabeceira da cama em busca do roupão roxo que deveria estar pendurado lá.

Está caído no chão.

Esquecendo o roupão e a raiva de si mesma por ter dormido antes de desligar as caixas de som do computador, Milena se pergunta de quem poderia ser o e-mail. Spam, provavelmente, diz a si mesma, enquanto tenta sufocar a esperança (temor?) de que seja de Milton.

Milton é a razão de Milena dormir sozinha na madrugada mais fria do ano. Porque Milton é a opção que Milena teria se não quisesse dormir sozinha na...

Ela balança a cabeça numa tentativa de fazer com que as peças da realidade, ainda soltas em sua mente, preencham as lacunas corretas no mundo ao redor. Põe os pés descalços no chão frio – as pantufas estão escondidas debaixo do roupão caído –, e dá os três passos que separam a cama da mesinha de fórmica encardida do computador.

Um leve toque no mouse e as linhas e letras do webmail tomam conta da tela. Quarenta mensagens não lidas, marcadas em negrito, sem contar a pasta de prováveis spams. Mais recente?

Remetente: Grafo.

É uma piada, pensa Milena. *Tem de ser.* O que ela realmente quer dizer, o que a outra voz dentro de sua cabeça – a voz sem máscaras – diz, quase sem ser ouvida, mas não sem deixar de fazer uma forte impressão, é que é bom demais para ser verdade. *Assustador* demais para ser verdade.

O coração de Milena bate forte, quatro vezes, antes que ela abra a mensagem. Mais duas vezes antes que o texto se forme na tela. Pequenas eternidades.

É verdade, dizem as vozes internas de Milena, numa rara concordância, depois que ela rola a mensagem até o fim e confere a assinatura: é *o* Grafo – uma figura estranhamente tridimensional, com o contorno geral de uma gota d'água, mas feita de linhas e pontos de uma infinidade de cores, repleta de fios que parecem conduzir para dentro e para fora da tela ao mesmo tempo – um labirinto da perspectiva, algo que só se vê com clareza olhando-se de esguelha e por um mero instante; imagem projetada para iludir os cones e bastonetes do centro da retina, complexa demais para os receptores da periferia.

Diz a lenda que o Grafo é único, que todas as tentativas de copiá-lo, colá-lo, analisá-lo com software, congelá-lo com PrintScreen, ampliá-lo, reduzi-lo ou imprimi-lo causam uma degeneração óbvia, tornando reprodução, estudo ou falsificação impossíveis. É como a versão em artes gráficas da fórmula secreta da Coca-Cola.

Ao menos, é o que diz a lenda. Milena não tem as competências necessárias para afirmar se isso é verdade, sequer se é plausível. Só que ela sabe é que aquele é o Grafo. Que o Grafo tem algo a lhe dizer. Que...

A mensagem. Respirando fundo, com um esforço deliberado, ela desvia os olhos da assinatura e se concentra no corpo da mensagem. Que diz:

Todo amor é jornal velho que embala
Um coração cru de desespero profundo
Porque não existem dois amores
Exatamente iguais no mundo

Milena engole em seco e sente um princípio de vertigem, um estranho afastamento de si mesma – como se os olhos que captam a luz e o cérebro que interpreta o que vê estivessem em salas, não, planetas diferentes.

Ele conhece esses versos. Como não conheceria? É a autora. Este é o refrão que ela havia jogado na rede, sua colaboração mais recente para um projeto copyleft de wikimúsica: em busca de um parceiro, parceira, parceiros, um coletivo que pudesse expandir os versos, reelaborar a melodia.

Havia boatos de que o Grafo visitava os coletivos artísticos virtuais, incógnito, à caça de pérolas perdidas na lama.

A mensagem! O que diz o restante da mensagem? O dedo de Milena sobre o rolamento do mouse é como a pata nervosa de um inseto faminto.

Estes versos merecem aprofundamento. Talvez eu possa ajudar. Se não for muita presunção minha, por favor, responda a esta mensagem para podermos conversar.

"Se não for muita presunção...". O Grafo é um gentleman!

* * *

Um gentleman.

Enquanto espera na biblioteca, Milena não sabe, realmente, o que a espera. O encontro tinha sido marcado numa rápida troca de e--mails e o Grafo a convidara a visitar sua casa.

Milena tinha uma ideia sobre onde o Grafo deveria viver – o menestrel do underground, o decadentista do asfalto, o compositor da noite suja: uma velha estação de metrô abandonada, talvez uma antiga manilha de esgoto, enfim, um lugar escuro, cinza, de teto baixo, cheio de infiltrações e cheirando a mijo e concreto úmido.

Áspero. Ao fundo, sombras móveis, o som de água correndo e o chiado de ratos.

Mas o lugar onde ela está é uma biblioteca com o teto pelo menos cinco metros acima do tapete vermelho felpudo, amplamente iluminada pelo sol, filtrado por um vitral que parece representar, em cores primárias e tons de dourado, uma carta astrológica – embora Milena não consiga identificar os símbolos nas doze casas com os ícones astrológicos usuais.

Cores primárias e dourado estão por toda parte: na madeira dos móveis, nas almofadas, na encadernação dos livros nas estantes (couro verde, vermelho, azul, amarelo, letras douradas ou cor de rubi).

Pela primeira vez em muito tempo, Milena sente-se consciente, quase embaraçada, do cabelo descolorido, raspado sobre a orelha esquerda pra mostrar a tatuagem tribal na têmpora e do piercing no lábio superior, o batom vermelho-cereja. É um choque: como ser transplantada de um episódio de Matrix para um filme da Hammer. Do preto-e-branco-e-cinza digital ao Technicolor em granulação de película.

Quando o Grafo finalmente chega, Milena se vê grata pelo conservadorismo “clean” da figura — terno cinza de risca branca, camisa azul, sapato envernizado de bico quadrado. Àquela altura, ela já temia ter de encarar um robe de chambre roxo, talvez com gola de astracã.

Há, mesmo assim, algo de perturbador no homem, para além da cabeça estranhamente desproporcional, com a boca pequena demais para o queixo proeminente. Ou vice-versa.

Este é o Grafo, Milena diz a si mesma, o maior dos poetas underground online. Como é que mora numa mansão de filme de terror e se veste como um executivo americano?

Talvez o conservadorismo seja o underground do underground, pensa ela. Quando se é radical demais, completa-se o círculo. E logo trata de arquivar a ideia, porque o Grafo está falando, convidando-a a sentar-se.

— Acho que devo começar dizendo que a poesia não é minha atividade principal – diz ele. A voz é máscula e grave. Poderia ser agradável, considera Milena, não fosse o leve toque esganiçado nas pontas.

— Não? – pergunta ela, mais para manter a conversa viva que qualquer outra coisa. — O que você faz? É executivo de multinacional ou coisa assim?

Ele sorri, embaraçado, e dá de ombros antes de prosseguir:

— Não é meu interesse principal, eu deveria dizer. É algo incidental ao que eu realmente aprecio.

Agora, isto está ficando interessante, pensa Milena. O que ele "realmente aprecia"? Loiras desbotadas recém-saídas da adolescência, que publicam versos via e-mail?

— E qual seu interesse principal? – ela se ouve perguntar.

— Matemática.

* * *

Teoria dos Grafos e Cardinalidades Transfinitas.

Milena sabe um pouco de Teoria dos Grafos: uma parte da matemática que estuda como pontos ("nodos") podem ser ligados entre si por linhas ("arestas"). Muito interessante, e muito complexo, também. Importante em computação. Milena trabalha com computação.

No fim, fazia sentido que um sujeito que assinava Grafo estivesse interessado no assunto. Já a história de "cardinalidade"...

— Cardinalidade é uma medida do tamanho de um conjunto – explica o Grafo. – Por exemplo, os sapatos que estou usando têm a mesma cardinalidade que seus olhos.

— Quer dizer – diz Milena, tentativamente –, que há dois de cada? Um par? O mesmo número?

— Isso – responde ele. – Mas o conceito de "número" precisa de um pouco e espaço para crescer, nesse sentido. Porque há cardinalidades infinitas, ou "transfinitas", como dizemos tecnicamente. Por exemplo, qual a cardinalidade dos dígitos de pi? Ou dos pontos de uma reta?

Milena aguarda, em silêncio.

— Meu trabalho é uma aplicação da teoria dos conjuntos transfinitos aos grafos gerados por relações humanas – prossegue ele. – Imagine que cada pessoa seja um nodo, e que a relação entre as pessoas seja representada por uma aresta. Se a relação é mútua, a aresta é lisa. Se é unilateral... no caso, digamos, se um amor não correspondido ou, para ser menos dramático, de uma relação do tipo "A é filho de B", a aresta se torna uma seta. Agora, você pode me explicar o que quis dizer com o verso "não existem dois amores iguais neste mundo?".

Milena se sente desconfortável. Como assim, "o que quis dizer?". Não é o tipo de coisa que se pergunte a um autor. Um verso significa o que diz. Mas o olhar do Grafo é intenso, cheio de expectativa.

— Acho – diz ela, sentindo-se meio tola, escolhendo metáforas deliberadamente desajeitadas –, que seria algo como, para uma pessoa amar é feito de flores, para a outra é de sorvete... Então uma manda flores, a outra convida para um sorvete e como resultado ninguém se sente amado, embora ambos estejam amando.

Como Milton, que em vez de me ajudar ficou se oferecendo para me levar pra jantar fora...

— Então – interrompe o Grafo. – Percebe? Sempre supus que o Grafo das relações humanas tivesse um conjunto de arestas de cardinalidade transfinita. Mas se o seu verso estiver certo, então a cardinalidade de todo o amor que existe no mundo é...

A imagem na mente de Milena surge espontaneamente, sem ser evocada: dois vetores, mesmo módulo, mesmo sentido, direções opostas. Resultado...

— Zero – diz ela.

* * *

O laboratório do Grafo fica no sótão. Claro.

Lá há uma janela alta, arqueada no topo, protegida por uma grade de ferro fundido preto que imita uma trepadeira de mundo de fantasia. Lá também há computadores – máquinas ligadas a máquinas, conectadas a máquinas e dotadas de antenas que se comunicam com outras máquinas.

Há bem poucos gabinetes ali: quase tudo é placa e circuito nu. Boa parte do equipamento foi construída sob medida, para rodar simulações barrocas de comportamento humano.

— O indivíduo é razoavelmente imprevisível – explica o Grafo. – Já multidões são como partículas, reagindo às forças da natureza. Só que em vez de gravidade e eletromagnetismo, temos de modelar campos de fome, avareza ou desespero.

Diante do olhar de incredulidade de Milena, ele mergulha debaixo de um suporte de madeira que sustenta uma pirâmide instável de placas-mãe e reaparece com um livro grosso de capa amarela:

— Aqui explica como cientistas ingleses modelaram afinidades ideológicas e o desejo de poder em um campo de atração e repulsão. Quando jogaram nele partículas dotadas de "carga ideológica" e "inércia de poder" para refletir as diferentes nações da Europa por volta de 1930, sabe o que conseguiram?

Milena fez que não com a cabeça.

— Uma Segunda Guerra Mundial travada por prótons e elétrons virtuais. E aquele foi um modelo primitivo, comparado com o que estou fazendo aqui.

Profissionalmente, Milena é capaz de admirar o equipamento que existe ali, em suas configurações amalucadas, a topologia de rede quase que não-euclidiana; intelectualmente, o projeto é interessante, não há como negar. Mas algo está faltando.

— E a poesia? – pergunta ela. – Os poemas do Grafo são uma lenda na web. Como você tem tempo de escrever? Onde você escreve?

—Ali – diz ele, apontando com o polegar para um monitor de resolução altíssima, onde traços coloridos surgem e desaparecem com a intensidade frenética e as cores marcantes de disparos de laser em um filme dos anos 1970.

Olhando mais de perto, Milena vê que os rastros coloridos vêm e vão acompanhados de símbolos que ela reconhece como quantificadores lógicos – "existe algum", "para todo", "qualquer que seja" – e, às vezes, palavras: ela vê "saudade" três vezes e "fodido", duas.

Por cima de seu ombro, o Grafo diz:

— Pense nisso como um Google que varre simultaneamente a blogosfera, a wikisfera e o dicionário, usando lógica extensional de Frege para criar grafos hamiltonianos com palavras nos nodos.

— Você está me dizendo que seus poemas são feitos por um computador que procura as palavras mais usadas nos blogs e nos wikis em um dicionário e junta versos ao acaso?

— Não, ao acaso, não. Há uma heurística de correlações e de pesos semânticos que se autorregula com algoritmos de inteligência artificial.

— O computador escreve seus poemas?

— Vocês escrevem meus poemas. Todos vocês, lá fora. O computador só destila.

* * *

No fim, o Grafo tem uma oferta a fazer a Milena: ela gostaria de olhar para a verdadeira face do Amor?

— Programei seu verso em meus sistemas – diz ele. – E alguma coisa deve surgir em breve. Nodos e arestas aparecem na tela o tempo todo, dividindo-se, devorando-se, girando em torno uns dos outros como ponteiros de um relógio maluco. A interface é estereoscópica – ele aponta para duas telas, uma ao lado da outra, ambas do tamanho de monitores de circuito fechado de TV –, e se você se sentar ali – o Grafo indica uma cadeira de aparência confortável, a cerca de um metro dos monitores –, e relaxar a vista, logo a coisa começará a fazer sentido. De certa forma.

— Por que eu?

— Porque foi o seu verso e você tem o direito...

— Por que não você?

O Grafo encolhe os ombros. Sorri, embaraçado – não, não realmente, pensa Milena. Fingindo embaraço. Tentando parecer tolo. Buscando simpatia.

— Não sei se suportaria – responde ele. – Se o resultado for mesmo... um conjunto vazio.

— Se as telas se apagarem?

— Ficarem brancas. Totalmente.

E eu?, pensa Milena. *Será que eu suportaria?*

Como se lesse os pensamentos dela, o Grafo levanta a voz:

— Eu acredito no que minhas máquinas dizem – afirma. – Você não precisa acreditar. Para você, qualquer que seja o resultado, será apenas uma curiosidade, uma hipótese. Não uma... sentença.

Milena assente. Afinal, tinha sido o verso dela.

* * *

Relaxar em posição não é tão difícil. Manter-se relaxada, nos primeiros minutos, é pior. A sobreposição das duas telas cria uma nuvem tridimensional que ora parece flutuar no ar diante dela, ora parece estar em algum ponto do fundo de sua cabeça.

Como resultado, no princípio Milena entrava e saída do transe estereoscópico num ritmo incerto e, por isso mesmo, irritante. Mas logo a sobreposição de telas tomou conta de seu campo visual como uma segunda natureza e capturou sua atenção como se fosse um filme, uma narrativa abstrata de personagens obscuros e enredo incerto, mas que certamente conduzia – parecia conduzir – a uma conclusão inescapável.

Mais de uma vez, essa conclusão parecia ser o vazio, o espaço branco imaculado. Mas sempre restava algo – um nodo, uma aresta apontando para além, para fora, que se desdobrava, abria-se em ângulos impossíveis, enchia Milena de esperança – a despeito de si mesma; a despeito de seu desejo de não acreditar, de não dar nenhuma importância real ao resultado do experimento.

Aos poucos, outra coisa foi ficando clara: que, a cada quase-esvaziamento do espaço, o que restava, o nodo ou aresta final, era diferente, mas de algum modo sobrepunha-se ao resto anterior. A Face do Amor começava a toma forma.

Horas mais tarde, o Grafo retorna ao laboratório. Milena não está mais lá. Os monitores estereoscópicos estão desligados, mas há uma mensagem escrita sobre o vidro, com batom vermelho-cereja.

Diz: "Não é vazio".

* * *

Quando Milton finalmente decide procurar Milena para fazer as pazes, ela olha para ele e sorri. Mas o sorriso dura pouco: uma outra imagem invade sua mente – linhas, pontos. Arestas, nodos. Movimento. A Face.

O grito de Milena começa... E não para jamais.

Campo total

CAÍDO, ABRI A boca para respirar. Quando o ar frio da noite entrou, senti um gosto metálico descer pela garganta, o calor do sangue chegar aos pulmões. Por um instante temi ter engolido um dente, ou engasgar, mas só por um instante: no momento seguinte, meu agressor já voltava à carga, usando o que parecia ser uma tábua, pintada de verde. Me acertou nas costas uma vez, antes que eu conseguisse girar o corpo. Ergui os braços, ralados no asfalto, doloridos pela queda, para me proteger.

Eu havia sentido uma certa apreensão ao me afastar do poste de luz da rua escura, mas daquele tipo inútil, um medo sem forma, meio claustrofóbico, que vem de todos os lados ao mesmo tempo e mais distrai que prepara.

Fico imaginando o que os psicólogos evolucionistas diriam disso. Uma forma de garantir que os imbecis assustadiços deixem de contaminar o patrimônio genético?

– Você! – gritou o agressor – Você! Você!

A voz era estranha, mas também estranhamente familiar.

* * *

– Você não existe.

Ouvi a frase 30 horas antes de ser atacado. Daniela, a psicóloga, me olhava de trás de sua escrivaninha.

– É bem fácil ver isso – continuou ela, depois de uma pequena pausa. – Por exemplo, você certamente está pensando em alguma coisa, agora.

– Estou – respondi.

– E quem está pensando?

– Eu – respondi. Nunca gostei de falar com psicólogos: a gente fica sem saber se a conversa é a sério, ou algum tipo de teste. Daniela era morena, não muito alta e talvez um pouco mais encorpada do que a moda pedia. Mas seu rosto era adorável.

O que só me deixava ainda mais desconfiado, enquanto ela insistia na pergunta:

– Não, dentro da sua cabeça. Quem está pensando?

– Eu!

– Então, você é seu cérebro?

– Sim. Não. Em parte. Digo, o cérebro é parte de mim.

– Mas acompanhe seu pensamento. Subjetivamente. Tem alguém pensando aí dentro, no seu cérebro, ou o pensamento parece pensar a si mesmo?

Acho que demorei um pouco demais para formular a resposta, porque Daniela logo emendou:

– O que chamamos de ego, o "eu", é uma ilusão, criada pela soma de nossos pensamentos, ordenada pela memória. Você não existe: é apenas um feixe de sensações, produzido e registrado pelo sistema nervoso. Um padrão de atividade eletroquímica, parcialmente recriado a cada instante.

Me mexi na cadeira, desconfortável.

– Então você também não existe – disse eu.

Daniela bateu com a caneta que tinha na mão sobre a mesa, acho que para enfatizar o que diria em seguida:

– Exatamente! Identidades são apenas hipóteses de trabalho formuladas *no* cérebro. Entenda: *no*, não *pelo*. Cérebro.

– Formuladas, então, por quem?

– Não existe *quem*. Esse é o ponto.

* * *

Eu havia me apresentado para disputar uma vaga remunerada de voluntário em experiências no Departamento de Psicologia. Daniela tinha lido minha ficha e gostado.

– Jornalistas desempregados são a bênção da crise econômica para a psicologia experimental – disse-me ela. – Instruídos o bastante para entender nossas propostas e pobres o bastante para se submeterem a elas.

Ri quando Daniela disse isso. Achei que era um teste.

– Conhece ganzfeld? – perguntou ela, em seguida.

– É como Freud, Jung ou Reich?

– Não – foi a vez de Daniela rir. – Não é um nome. Digo, nome de gente. É uma expressão, significa "campo total". É um estado no qual a mente se torna mais receptiva para emanações.

– Emanações?

– De outras mentes.

Daniela me levou, em seguida, até a sala onde eu atuaria como voluntário – a sala do campo total, onde seriam realizadas sessões de trinta minutos a cada vez. Era um lugar pequeno, mais alto que largo, com revestimento acústico nas paredes, uma grande cadeira reclinável no centro e algumas caixas de equipamento pelo chão.

– Você será o receptor – explicou ela. – E ficará aqui. Você vai pôr fones de ouvido, que vamos alimentar com ruído branco...

– Ruído branco?

– Pense no som da água caindo de uma cachoeira. Ou no barulho que a sua televisão faz quando está fora de sintonia.

– Ah.

– Vamos cobrir seus olhos, também, com um plástico opaco: bolas de pingue-pongue cortadas no meio. A luz aqui vai ser vermelha, suave. A ideia é deixar você quase cego e quase surdo, mas relaxado.

– Por meia hora?

– Acha que consegue?

– Suponho que sim.

– Sua ficha diz que você já fez ioga.

– Fiz, mesmo.

– Ótimo. Bem... Enquanto durar o ganzfeld, você ficará ligado num polígrafo...

– Um detector de mentiras?

– Polígrafos não detectam mentiras. Isso é coisa de filme americano. O que o polígrafo faz é medir suas reações fisiológicas: pressão do sangue, condutividade elétrica da pele, respiração.

– E para que isso vai servir?

– Enquanto você estiver aqui, outro voluntário, o emissor, estará em outra sala, também ligado a um polígrafo. Mas ele não estará imerso no ganzfeld: estará assistindo a uma série de pequenos clipes de vídeo. Alguns vídeos serão inócuos, como flores desabrochando em câmera lenta ou criancinhas correndo pela relva, mas outros mostrarão imagens escolhidas para gerar uma reação emocional.

– Por exemplo?

– Insetos nojentos. Sangue. Sexo. Entende?

Fiquei um pouco quieto, tentando imaginar a situação – amarrado a um detector de mentiras enquanto um computador safado tenta me provocar uma ereção ou me assustar. Pareceu meio engraçado ou meio embaraçoso, dependendo do ângulo por onde se olha. Respondi:

– Entendo. Acho.

Daniela sorriu seu melhor sorriso burocrático.

– As imagens serão escolhidas ao acaso pelo computador, e vamos monitorar as reações fisiológicas do emissor a cada uma delas: se o coração bate mais rápido, se ele começa a suar, essas coisas.

– E onde eu entro nisso?

Daniela deu dois tapinhas de leve no estofamento da cadeira reclinável – revestido com couro sintético bege, já meio gasto – e disse:

– Ora, você é o receptor. Queremos ver se as *suas* reações sincronizam com as *dele*.

* * *

Daniela me explicou que salas de ganzfeld vinham sendo usadas no estudo da telepatia há anos, mas que o design deste experimento específico era diferente de todos os demais.

– A maioria dos ganzfeld parte do princípio de que existe um ego, uma vontade consciente, que pensa e tenta emitir os pensamentos em direção ao receptor. Minha experiência assume o oposto: que só existem feixes de sensações e de atividade neural, nenhuma vontade.

– Não existe livre-arbítrio, então?

Daniela torceu o nariz:

– Psicólogos e filósofos teorizam, há décadas, que livre-arbítrio e identidade individual não passam de ficções convenientes. Mas é mais ou menos como os teólogos que concluíram que Deus não existe, ainda na Idade Média: ninguém tem coragem de dar a notícia para o povão.

– Mesmo?

– Se quiser, eu indico uma bibliografia...

– Não, obrigado.

Ela então voltou a falar na experiência:

– A nossa ideia aqui, portanto, não é disparar pensamentos de uma mente para outra, como se o ego do emissor fosse um arco e os pensamentos, flechas, mas estabelecer um padrão dinâmico de feixe neural num cérebro e ver se é possível induzir uma sobreposição exata em outro. A hipótese é que o isolamento do ganzfeld deixará sua mente com "fome" por padrões e o emissor será a fonte, mais intensa e mais próxima.

– E como esses "padrões" vão passar da cabeça dele para a minha? Criando asas?

– Menino, se eu soubesse isso estaria concorrendo ao Prêmio Nobel!

* * *

O experimento começou uns quinze minutos depois da entrevista. Cientistas são engraçados – deixam a gente meio pelado e nos cobrem com fios, amarras, põem bolas de pingue-pongue sobre os nossos olhos, fones sobre as orelhas, acendem uma luz vermelha como aquelas de emergência em filme de submarino e dizem "relaxe" imediatamente antes de inundar nossos ouvidos com um ruído de ducha aberta.

"Relaxe". Claro. Fácil. Na hora.

É complicado descrever a sensação de estar no ganzfeld. Passado algum tempo, o ruído branco e a luz, meio leitosa depois de se filtrar pelas bolas de pingue-pongue, provocam uma sensação de... Bem, este é o ponto: uma sensação de não-sensação.

Passado o desconforto inicial e quando o esforço para relaxar começa a fazer efeito ("respire fundo, respire devagar, conte até dez"), é como se o tempo sumisse.

Não de vez: ele continua ali, mas é difícil de encontrar. Como se estivesse esperando atrás da porta. Imagens, as mais inesperadas, surgem dentro da cabeça. É como uma espécie de sonho, mas não exatamente. Algo entre sonho e pesadelo. Há uma apreensão que nunca vai embora, como uma mola tensa, escondida debaixo do relaxamento induzido.

Lembrei-me das minhas aulas de ioga, de tentar me concentrar na sensação do sangue circulando na ponta dos dedos. Ajudou um pouco.

Cada sessão dura trinta minutos, mas quando acaba é preciso algum esforço para dar um significado subjetivo a essa quantidade, "trinta minutos". Às vezes parece que é isso mesmo, às vezes muito mais, às vezes, muito menos.

Participei de quatro sessões no primeiro dia. Quando Daniela veio me desamarrar ao final da última, perguntei:

– Não vou conhecer o emissor?

– Ah, não. Nosso protocolo não permite.

– Protocolo?

– As condições do teste. Talvez no futuro façamos um em que emissor e receptor sejam apresentados, e depois mais um onde sejam amigos íntimos. Mas nesta rodada, não queremos que a interação entre vocês seja um fator. Isto é, interação comum, social, fora do campo total.

Fiquei curioso:

– E houve alguma interação, dentro do campo?

– Você é quem me diz. Sentiu medo? Fome? Alguma coisa?

– Acho que sim. Senti muita coisa.

– Bom, vamos ter de fazer uma análise estatística das fitas dos polígrafos de vocês, ver se achamos alguma correlação significativa. Você volta amanhã?

– Ei, estou recebendo por tarde de trabalho! Claro que volto.

– Até lá, então.

Achei aquilo meio rude: ela poderia ter se oferecido para me acompanhar num café.

* * *

Resolvi voltar para casa a pé. Gostava de andar. Estava vestindo meu uniforme básico de desempregado, abrigo desbotado de flanela, boné e tênis velhos. A cidade universitária era um lugar bonito para uma caminhada, e meu apartamento não ficava muito longe do campus.

Cheguei ao prédio mais cedo do que esperava. Foi só quando parei para esperar o porteiro abrir a trava eletrônica e vi os óculos começarem a embaçar que me dei conta de que tinha corrido boa parte do caminho.

Bom, você não me conhece, mas digo-lhe que meu índice de massa corporal oscila entre 29 e 31 kg/m^2, o que faz de mim, oficialmente, um caso limítrofe entre sobrepeso e obesidade de primeiro grau. Sou um daqueles caras que sonha com o dia em que cérebros humanos serão descarregados em computadores. A única atividade física que restará, para o ser humano, será a de empurrar elétrons para cá e para lá. Com a força do pensamento.

Gosto de caminhar, sim, mas caminhar devagar, apreciando a paisagem.

– Tudo bem aí? – perguntou o porteiro, talvez um pouco preocupado ao me ver parado na entrada do prédio, curvado e quase de cócoras, com as mãos nos joelhos, ofegando ruidosamente.

– Tudo... – respondi, enquanto me forçava a entrar, fechar o portão, cruzar o jardim e pegar o elevador.

Cheguei ao meu apartamento e corri (agora, no sentido metafórico) para tomar um banho. Adoro banhos quentes, mas desta vez deixei a água morna, quase fria. Enquanto me esfregava, pensei na minha estranha corrida.

Eu me lembrava do que tinha visto? Claro, eu me lembrava do que existia entre a universidade e meu quarteirão: árvores e lojas que via quase todos os dias. Mas quais eu havia visto *hoje*? Alguma das árvores estava mais florida que na véspera? Com menos folhas? Alguma das lojas fazia promoção? Qual o prato do dia na Cantina Dona Júlia? A cor dos carros parados no meio-fio? Dos pássaros nos galhos?

A resposta para tudo isso parecia na ponta da língua, mas não vinha.

Já seco e enfiado numa camiseta de time de basquete americano e bermuda de estrelas amarelas – juro que só uso essas coisas dentro de casa – me joguei na cama. Quando percebi, estava com a televisão ligada. O que era um mau negócio: tinha muita leitura para pôr em dia: estudar fazia parte de meu programa de preservação da autoestima, enquanto não arrumava um trabalho de verdade.

Mas a TV me hipnotizou rapidamente, e com um suspiro reconheci que não teria força de vontade para ler nada de muito sério, ao menos não nas próximas horas.

Quando finalmente consegui tirar os olhos da televisão, fui jantar – primeiro pensei em pedir uma pizza, mas depois me convenci a jogar o conteúdo de uma lata de atum no meio de um pão velho e mandar tudo pra dentro a goles de água gelada – e dormi.

* * *

Sonhei com Daniela. Um sonho intenso. Intenso a ponto de ser embaraçoso. E foi provavelmente esse embaraço, ecoando manhã adentro, que me impediu de notar, ao menos durante algumas horas, algo de estranho em minha – como posso dizer? – relação com o mundo.

A sensação em si era bastante complexa e também difícil de definir, como algo que a gente pensa que vê com o canto do olho, mas quando gira a cabeça não consegue fixar no centro da retina.

Dividindo a coisa em partes, digo que era feita de um zumbido constante no ouvido, mas um zumbido baixo, uma espécie de pano de fundo para os sons e palavras "reais" ao meu redor; era feita também de uma aura difusa ao redor das coisas que eu via, como se um vidro fosco estivesse entre mim e o mundo; de uma atenuação do olfato e do paladar, como se gostos e odores fossem apenas vagas lembranças e não sensações presentes; e, o mais desconcertante, quando me concentrava no contato físico com algum objeto havia um formigamento intenso da pele, um pré-arrepio de pelos e cabelos, dando a impressão de que o tato se voltava obsessivamente sobre si mesmo.

Pensei: onde já havia experimentado algo assim?

No ganzfeld, claro.

Liguei para a universidade, mas Daniela ainda não tinha chegado. Perguntaram se eu gostaria de deixar recado ou falar com outra pessoa. Respondi que não.

O estranhamento que sentia era inédito, talvez estivesse relacionado ao experimento e merecia ser reportado, mas não me parecia que a situação fosse urgente ou perigosa. Pelo contrário: havia algo de extremamente satisfatório naquilo tudo – como o embotamento que se segue a uma bela refeição, ou o desligar-se do mundo que precede o sono agradável.

* * *

Comprei tênis novos, para que a corrida entre o prédio onde morava e a faculdade fosse um pouco mais confortável. Isso abriu uma pequena rachadura em meu orçamento, mas mesmo registrando o fato racionalmente, não consegui me preocupar com ele. Sempre há como dar um jeito.

Desta vez fiz a corrida de forma mais controlada, respeitando meu próprio ritmo e respiração. Quando cheguei ao edifício da psicologia não estava suando demais, nem especialmente cansado. Ao parar, entrelacei os dedos das mãos e ergui os braços acima da cabeça, sorrindo, satisfeito, quando ouvi os ombros estalarem.

Considerando seriamente a ideia de me matricular numa academia de ginástica, entrei. O recepcionista me disse que Daniela já estava em seu escritório, no terceiro andar. Subi. Pelas escadas.

Entrei na sala e vi que a cientista havia feito escova para alisar os cabelos. Tive um impulso de dizer que eles ficavam melhor encaracolados, como tinham estado pela manhã, quando acordamos e, depois, tomamos café.

Já ia abrindo a boca quando me dei conta de que não tínhamos acordado, e muito menos tomado café, juntos. Que, na verdade, eu jamais havia visto os cabelos de Daniela de outro jeito que não assim, lisos, profissionalmente lisos. E que nosso relacionamento não era íntimo o bastante para me permitir comentar a aparência dela sem me arriscar a ser ridículo, presunçoso ou, até, ofendê-la.

– Você está bem? – perguntou ela, depois que me sentei.

Respirando fundo para manter alguma objetividade, descrevi os sintomas que vinha experimentando, minha breve alienação sensorial, curiosa e não de todo desagradável. Ela ouviu o que eu tinha a dizer, tomou algumas notas e perguntou:

– Você comeu direito?

– Quando?

– Hoje. No café. Almoço.

– Sim – respondi. – Mas, agora que estamos no assunto...

– Pode falar.

– ... Não foi como se eu realmente estivesse com fome. Era mais como se eu me lembrasse de ter sentido fome um dia... Faz sentido?

– Parece consistente com os outros sintomas.

– E são sintomas de alguma coisa?

– Vamos descobrir.

Fomos até um laboratório, onde passei por uma bateria de testes. Parecidos com os que eu havia feito antes de ser aceito no experimento: coordenação, concentração, memória, reflexos. Clicar o mouse quando uma luz pisca na tela. Dizer "azul" quando a palavra "verde" aparece escrita na cor azul. Olhar para cinco pontos luminosos até um deles desaparecer, e tentar ficar o máximo de tempo possível sem voltar a vê-lo.

Coisas assim.

– Pelo que esta pontuação mostra, você não está nem confuso, nem alienado, nem embotado – disse Daniela, assim que terminei os testes. – Muito pelo contrário: está bem melhor que da última vez.

Não fiquei exatamente surpreso, mas curioso:

– Melhor? Muito melhor?

A doutora encolheu os ombros:

– Parece quase outra pessoa.

Fiquei sem saber o que responder a isso – ela estava dizendo o quê? Que nos exames originais eu tinha me saído um idiota completo? – e, para esconder o embaraço, girei o pulso, olhei o relógio. Então vi que deveríamos estar no meio da segunda sessão de ganzfeld do dia.

– Já não passou da hora do experimento? – perguntei.

Ela balançou a cabeça:

– Nada de experimento hoje – disse. – O emissor diz que acordou indisposto.

Surpreendendo a mim mesmo, convidei-a para jantar. Surpreendendo talvez a si mesma, ela aceitou.

* * *

Eu estava descendo a rua, depois de sair do restaurante, para dar sinal para o táxi – o que havia chamado pelo celular aparentemente tinha parado no quarteirão errado –, quando levei a primeira paulada, na barriga, seguida de outra, direto na nuca.

Fui direto para o chão. Caído, abri a boca para respirar. Quando o ar frio da noite entrou, senti um gosto metálico descer pela garganta, o calor do sangue chegar aos pulmões. Por um instante temi ter engolido um dente, ou engasgar, mas só por um instante: no momento seguinte, meu agressor já voltava à carga, usando o que parecia ser uma tábua, pintada de verde. Me acertou nas costas uma vez, antes que eu conseguisse girar o corpo. Ergui os braços, ralados no asfalto, doloridos pela queda, para me proteger.

Quando o golpe seguinte veio, agarrei o pedaço de madeira com as duas mãos e puxei com força.

Sem efeito.

Tive um princípio de pânico, ao notar que o agressor não soltava a tábua, que as mãos dele seguravam a arma improvisada com muito mais firmeza que as minhas, que ele provavelmente era um homem muito maior e mais forte que eu.

O impasse durou poucos segundos, porém: repentinamente, senti que a madeira – um pedaço do assento de um banco de praça – estava toda sob meu controle. Se tivesse fôlego suficiente, teria gritado. Em vez disso, girei com toda a força, a tábua nas mãos, até sentir o contato. Até ouvir o corpo do outro cair no chão.

Daniela e o porteiro do restaurante vinham correndo pela rua.

– Como você está? – perguntou ela.

– Bem, acho – disse. – Mas...

O porteiro me interrompeu:

– É melhor chamar uma ambulância, moça.

– Acho que consigo andar – protestei.

– Não para o senhor – disse o porteiro. – Para ele.

Daniela se voltou para ver o agressor, e eu também. Era a primeira vez que olhava o homem com clareza: alto, forte. "Atlético" é a palavra: como um atleta profissional. Mas, mesmo sob a luz difusa da lua e a iluminação pública, dava para notar uma palidez anormal.

– Fábio! – gritou Daniela ao vê-lo.

– Sim? – respondi, automaticamente, antes de me dar conta de que meu nome não era, nunca tinha sido, "Fábio".

* * *

Fábio era o emissor do meu teste de ganzfeld. O homem com quem Daniela havia dormido na noite anterior, que tinha visto a psicóloga com os cabelos encaracolados no café da manhã. O homem que gostava de correr.

O homem que morreu naquela noite, junto com meu antigo "eu".

– É um caso de possessão ou de vampirismo. Dependendo do ponto de vista – disse Daniela, uma semana depois. – Da mesma maneira que o seu corpo foi ocupado, o de Fábio foi drenado.

– Drenado?

– Pelo que consegui determinar, a partir do primeiro ganzfeld os padrões que eram a mente dele passaram a fluir para o seu cérebro, sem parar, como se um dique tivesse sido aberto.

Assenti, balançando a cabeça. Minha intuição sobre o que havia ocorrido era muito próxima disso. Mesmo assim, eu queria ouvir uma explicação elaborada, articulada:

– Como isso aconteceu? Por quê?

Daniela bateu com a caneta na mesa duas vezes antes de responder:

– É inédito na história da pesquisa psíquica. Talvez exista algo como energia mental potencial... Uma tendência de fluxo entre o ponto de potencial mais alto para o mais baixo, como acontece com gravidade e eletricidade. Ficando na metáfora do dique: o antigo ego deste seu corpo foi destruído pela mistura, como a água de um córrego se dilui na torrente que vem de cima, e a mente de Fábio foi esvaziada... Como um lago de represa que se esvazia quando as comportas se abrem.

– Por que o corpo dele atacou este corpo e não o contrário? A perspectiva de morte era a mesma, para os dois egos.

– Mas não para os dois *corpos*. O corpo humano consome 100 watts, em média. Um quarto disso vai para o cérebro. Se o cérebro está transmitindo alguma coisa, a potência tem de vir daí. E se a emissão acontece de forma contínua, descontrolada... Ele podia ser grande e forte, mas estava morrendo de fome.

– Egos são ilusões, mas ilusões de um tipo persistente. Talvez o de Fábio tenha tentado apenas fechar as comportas do único jeito que pôde imaginar. Legítima defesa.

– Falando nisso, como vai o seu problema com a polícia?

– Ainda não marcaram o julgamento, mas meu advogado está confiante. Afinal, ele me agrediu primeiro... Ou melhor, aquele corpo agrediu este corpo antes que... Sei que para o júri e a justiça isso não quer dizer nada, mas com o esvaziamento da mente de Fábio, fico me perguntando se alguém realmente morreu naquela noite.

Daniela respirou fundo:

– Essa é a *minha* culpa, não é?

– Sua?

Fechando os olhos, a psicóloga ergueu uma das mãos e, com a ponta do polegar, massageou a testa, no ponto entre as sobrancelhas. Depois reabriu os olhos, de repente muito cansados, e disse:

– Vejamos: um corpo humano deixou de funcionar, duas personalidades deixaram de existir. Três mortes, por conta da experiência. Minha experiência.

– Mas eu nasci. E, respondendo à minha própria pergunta, ninguém realmente morreu: os padrões que davam origem aos dois egos não deixaram de existir. Apenas... mudaram. – Piscando um olho, acrescentei: – Mamãe.

Ela sorriu:

– Psicóloga e parteira – disse, como se falasse sozinha. – Imagino como isso ficaria na porta do consultório – e depois, voltando-se para mim: – E como você está se adaptando?

– Às vezes é difícil, principalmente na hora de acertar a continuidade da memória. De vez em quando acabo atribuindo algo que Fábio fez a algo que meu eu anterior fez, algo de que um gostava a algo de que o outro... Por falar nisso, você está livre esta noite?

– "Por falar nisso"?

Olhei de lado, para fingir alguma timidez enquanto dizia:

– Bom, meus dois "pais" estavam muito interessados em você, e...

O olhar de Daniela mudou, de cansado para carinhoso. Ou seria maroto?

– Isto não está ficando um pouco freudiano demais, não?

Rindo, respondi:

– Freud? Esse cara está morto!

Cardeais em órbita

CINCO SENHORES VENERÁVEIS flutuam, em meio à ilusão de azul infinito criada pelos geradores holográficos de São Pedro ExtraMundos, a principal basílica de Novo Vaticano, em órbita polar, neste momento passando sobre o Oceano Pacífico, rumo à Antártida e a mais uma volta pelos extremos da Terra.

Cardeal Mondego sente, agradecido, o relaxar dos músculos ao redor dos olhos e nos cantos da boca. O azul, mesmo com sua implicação de céu ilimitado, de queda iminente numa esfera sem fim, reconforta. Intimida menos que a decoração usual da basílica, as grandes esculturas de luz que reproduzem, em escala monumental e nas três dimensões, o teto da Capela Sistina – como alguém não se sentiria inconveniente ao flutuar bem entre o dedo de Deus e a mão suplicante de Adão? – e nem de longe é tão assustador quanto as imagens, ou o significado das imagens, que haviam antecedido o fundo cerúleo abismal.

Números. Gráficos. Estatísticas. Projeções.

– Não há dúvida – diz o papa Paulo XII, que preside a reunião. – Hoje, completam-se dez anos desde que ocorreu a última canonização. Oito, desde a última beatificação. Não há mais santos. Os milagres simplesmente desapareceram do mundo.

– Já há quem diga que os dons de Deus deixaram nossa esfera – completa o cardeal Atith. – O que é inadmissível.

Mondego respira fundo. É sua vez de explicar, em público, o que todos certamente já sabem. Ou deveriam saber. Afinal, o cardinalato não é lugar para idiotas.

– A questão é epistemológica – diz. – Definimos milagre como algo sem explicação científica. Uma cura, de preferência. E, no estágio atual da Medicina, ou as pessoas se curam antes que o milagre se torne necessário ou, quando ele aparentemente ocorre, a explicação racional nunca é muito difícil de achar: até as doenças usualmente incuráveis já são conhecidas até o último átomo da última molécula. Não são os milagres que deixaram de ocorrer: é o conceito de milagre que se tornou obsoleto.

Os demais cardeais apenas murmuram e balançam as cabeças, concordando com o diagnóstico do colega. *Muito bem*, pensa Mondego. *O gato já está quase todo fora do saco. Só falta alguém...*

É Sua Santidade quem toma a palavra:

– Até o momento, nossos fiéis têm reconhecido que o progresso da Medicina, em si, é um milagre. Mas as pesquisas mostram uma tendência cada vez maior de os pacientes agradecerem apenas ao médico e não mais a Deus. E os milagres sempre foram vistos como sinais. Sem milagres, é como se Deus tivesse emudecido.

... *Esfolá-lo.*

– Há outras manifestações, além de curas – diz o cardeal Cuetzpalli. – Estigmas. Ícones que choram e sangram. Visões...

Atith faz uma careta:

– Nenhum comitê de investigação foi capaz de confirmar um caso desses em cinquenta anos. Hoje em dia, com espectrógrafos laser de bolso, qualquer espertinho é capaz de fazer uma leitura instantânea do que quer que esteja escorrendo pelo rosto da Virgem ou da Hóstia Sagrada. Já esqueceram o fiasco de San Gennaro?

Ninguém tinha esquecido: seis anos antes, um estudante, com um pequeno aparelho portátil, descobrira a mistura exata de cera de abelha, corante e calcário que compunha o "sangue" milagroso. O pároco napolitano tinha se saído bem com um sermão sobre o valor simbólico da liquefação da substância guardada no frasco e o poder da fé, sugerindo que a composição exata do líquido vermelho era irrelevante para os verdadeiros crentes, mas a festa nunca mais havia sido a mesma.

O cardeal Sousa, que vinha se mantendo em silêncio, aproveita a pausa na discussão para se manifestar:

– O conceito original de milagre pode ter se tornado obsoleto, mas "milagre", em si, é uma palavra elástica. Não podemos simplesmente dizer que, com a Graça de Deus, melhor, que iluminada pela luz de Deus, a inteligência humana deu conta dos males do mundo, e que a partir de agora todos os verdadeiros milagres ocorrem onde sempre ocorreram em essência, no coração humano? Milagres de compaixão, superação, bondade...

A careta de Atith aprofunda-se:

– Já posso ver a manchete dos jornais secularistas: "Igreja reconhece que o homem tirou os males que Deus pôs no mundo".

Sousa dá de ombros:

– Não importa o que façamos, os secularistas vão tripudiar de qualquer jeito.

Paulo XII intervém antes que a discussão fique acalorada demais:

– A solução é engenhosa, mas ficamos com o problema das canonizações: como certificar esse tipo de milagre?

Antes que Sousa abra a boca, Cuetzpalli volta ao debate:

– E se declarássemos que certos procedimentos médicos de alta tecnologia são imorais? As pessoas que se curarem sem se submeter a eles seriam receptoras de milagres... Não seria algo sem precedentes.

O papa não gosta da ideia:

– Anestesia, vacina, contracepção, fertilização in vitro, aborto. – O Paulo XII conta cada item na ponta dos dedos da mão direita. – E que bem nos fez o fato de nossos antecessores terem proibido tudo isso. Você sabe o que aconteceu.

– As pessoas simplesmente ignoraram as instruções – emendou Atith. – E acabamos tendo de voltar atrás. Além do quê, a esta altura, seríamos acusados de hipocrisia.

Ninguém precisa dizer o que passa pela mente de todos: que a transferência da Santa Sé para a órbita da Terra teve mais a ver com os benefícios geriátricos da microgravidade do que com o desejo da Igreja de se desvincular de uma nação única, de "colocar-se fora do mundo para melhor integrar-se a ele", como dissera a encíclica original de Bento XXIII sobre o assunto.

– Milagres não são o único caminho para a santidade – diz Mondego de repente, quebrando a atmosfera meditativa. – Há o martírio.

– O que não há é mártires! – grita Atith.

– Vivemos num mundo tolerante – pontifica Paulo XII. – Pagãos, judeus, muçulmanos e comunistas não matam mais cristãos. Nem cristãos matam mais cristãos, o que é, creio, algo inédito.

– Sempre podemos começar uma nova cruzada – murmura Cuetzpalli.

– Ou enviar missionários a Marte. *Sem* tanques de oxigênio – ironiza Atith.

– Estava pensando em outro tipo de martírio – explica Mondego. – Mais parecido com os "milagres espirituais" advogados pelo cardeal Sousa. Na verdade, as duas coisas se encaixam. Uma poderia, até, reforçar a outra.

– Martírio espiritual? – o sarcasmo na voz de Atith não parece incomodar Mondego, que prossegue:

– Pensem, por exemplo, em Umbertino Ferrari. Ele era um empresário de sucesso. Herdeiro de uma enorme fortuna. Um esportista, um homem do mundo. E, certo dia, praticamente exauriu suas posses materiais para que a Igreja pudesse ter...

Com um gesto, o cardeal indica o infinito azul virtual que os cerca: Ferrari havia pago uma boa proporção do custo de construção de São Pedro ExtraMundos. Suas fábricas tinham produzido os motores de foguete necessários para levar as toneladas de material até a órbita da Terra, e os engenheiros que haviam coordenado a montagem, já no espaço, eram funcionários do Grupo Ferrari.

– Isso não deveria contar como uma forma de martírio espiritual? – pergunta Mondego. – O Umbertino de antes, o milionário frívolo, morreu em espírito. Morreu por sua fé.

O silêncio que se segue, palpável, é quebrado por Sousa:

– Poderíamos ter milagres de foro íntimo provocados por mártires de foro íntimo.

– Exatamente – diz Mondego.

– E esses "martírios" íntimos seriam externamente, em aparência, grandes serviços prestados à Igreja – acrescenta o papa. – Como uma enorme doação, por exemplo.

– Precisamente, Vossa Santidade – afirma o cardeal. – Isso permitiria restringir a fonte dos milagres do coração a um pequeno número de candidatos meritórios.

– Soa como venda de indulgências para mim... – diz Cuetzpalli.

– Dar a Deus e aos pobres é um ato digno de elogios e não deve ficar sem recompensa – sentencia Paulo XII.

– Quanto à certificação dos milagres íntimos, que justamente havia preocupado Vossa Santidade, sempre poderemos criar comissões psiquiátricas e teológicas...

– Já esqueceu que a psiquiatria foi praticamente reduzida à química? Nós poderemos dizer que a compaixão foi inspirada por, suponhamos, São Umberto Ferrari, e os psiquiatras dirão que foi dopamina. Como ficamos? – pergunta Atith.

– As ciências da mente são muito menos populares que o restante da Medicina – diz Mondego. – Este é um campo onde ainda dá para disputar. Afinal, se os neurotransmissores inspiram pensamentos, ainda é possível debater o que desencadeia os neurotransmissores. Um espaço que não temos mais, por exemplo, na relação entre quimioterapia e câncer.

– "Pelo fruto conhecereis a árvore" – sentencia Paulo XII. – Compaixão é compaixão, e ponto. Gostaria que Vossas Eminências trabalhassem numa reforma do Direito Canônico dentro das linhas discutidas aqui.

Mais tarde, depois que os cardeais já retornaram para seus aposentos privados e atenderam aos chamados de suas arquidioceses na Terra – a maioria deles é velha demais para suportar as acelerações abruptas de um retorno ao planeta e está, para todos os efeitos, exilada em ExtraMundos – Atith encontra Mondego numa das muitas capelas da basílica orbital. O prelado espanhol está manipulando, com cuidado, os receptáculos especiais que impedem que o vinho da missa saia flutuando por aí, sob a forma de glóbulos sem peso.

O cardeal cambojano sorri. A precisão necessária para a manobra tem um efeito semelhante a da meditação profunda induzida pelas artes marciais em algumas pessoas – entre as quais, ao que tudo indica, está Mondego.

– Quanto tempo acha que ganhamos? – pergunta Atith, num momento especialmente calculado para testar o poder de concentração do colega.

Sem perder um passo na transferência do vinho entre recipientes, sem erguer os olhos da tarefa, Mondego responde:

– Isso só a Providência pode dizer. Mas...

– Mas?

– Mas manter esta estação em órbita custa caro. Acho que, com o novo martírio, conseguiremos viabilizar ExtraMundos por mais duas ou três gerações.

Mondego lacra os receptáculos e fecha as pequenas garrafas no armário com revestimento de almofada e velcro. Só então ergue os olhos para contemplar Atith.

– Se você quer saber se haverá cardeais e um papa em órbita dentro de três gerações, minha resposta é, de novo, só a Providência pode dizer.

Atith coça a cabeça antes de dizer:

– Às vezes imagino esta basílica abandonada, queimando na reentrada da atmosfera, e isso me parece...

– Isso lhe parece?

– Apropriado. Um fim apropriado. Talvez porque apele ao meu senso oriental de simetria.

Mondego esfrega um pouco o canto do olho direito, uma pequena massagem para clarear os pensamentos até que, por fim, compreende: simetria? Simetria, claro. Afinal, foi assim que tudo começou: com uma luz incandescente traçando um caminho no céu.

Disse a profetisa

Eis que um homem dos filhos de Israel veio e trouxe a seus irmãos uma midianita perante os olhos de Moisés e de toda a congregação dos filhos de Israel, enquanto eles choravam diante da tenda da congregação. Vendo isso Finéias, filho de Eleazar, o filho de Arão, o sacerdote, levantou-se do meio da congregação, e, pegando uma lança, foi após o homem israelita até ao interior da tenda, e os atravessou, ao homem israelita e à mulher, a ambos pelo ventre; então, a praga cessou de sobre os filhos de Israel.

Números, 25:6-8

O PREGADOR DORMIA na calçada, cabeça apoiada num velho exemplar da Bíblia – velho e surrado o bastante, parecia, para ser anterior ao Fim.

Durante toda a tarde o homem estivera ali, diante do santuário, gritando versos de Números, Reis e Esdras, pregando contra a abominação das mulheres estrangeiras.

Dada a escolha de tema, o pregador certamente não gostava da profetisa. Nisso, não era único: muitos dos que viviam nos arredores do santuário, mesmo os mascates que dependem das multidões atraídas pelos milagres da mulher, nutrem algum ressentimento. Porque todos sabem de alguém que a procurou e não foi curado, e os caprichos e inconstâncias do Poder sempre serão causa de murmúrio, lamento e ranger de dentes.

À noite, o cheiro nas calçadas é pior. O Sol já não está mais presente para fazer a multidão suar, mas em compensação o ar quente se eleva dos bueiros e com as portas do templo fechadas, a fragrância das velas não se espalha mais pelas ruas.

Era madrugada, e meu irmão e eu caminhávamos, tentando não chamar atenção, entre fiéis, rebeldes e desesperados adormecidos.

Meu irmão era o principal motivo de estarmos ali. Meu irmão não acreditava na profetisa, nem depois de ter visto como o óleo sagrado das velas havia feito com que meu braço crescesse de novo.

– Você é um mutante – dizia ele. – Seu braço provavelmente iria crescer de novo de qualquer jeito. Depois do Fim, surgiram muitos tipos de mutantes. Você sabe disso.

Sim, eu sabia. Mas também sabia que a maioria dos mutantes, a maioria dos que chegavam a nascer, não passava dos primeiros dias de vida. Os que sobreviviam para ser crianças dependiam de máquinas para andar, para comer e ouvir, defecar ou enxergar; e que mesmo esses sucumbiam a doenças estranhas e mortes súbitas antes da adolescência.

Se eu era um mutante e estava vivo para além do meu décimo sétimo ano, isso tinha de ser um milagre. Mais um milagre da profetisa.

Meu irmão não aceitava nada disso e respondia aos meus argumentos falando em "probabilidade", "seleção" e "evolução". Mas, mesmo duvidando da profetisa, interessava-se por ela. Como não se interessaria? Mesmo o pregador, que a chamava de Jezabel, midianita e abominação, interessava-se por ela.

Uma mulher de antes do Fim, preservada numa caixa de cristal. Alguns diziam que caíra do céu. Outros, que havia sido descoberta numa escavação. Décadas atrás, nos primeiros dias depois do Fim, um grande galpão havia sido construído para protegê-la, o galpão que se convertera no santuário. Sacerdotes passaram a cuidar dela – a manter limpo o cristal da caixa e o metal das máquinas ao redor. Com o tempo, a interpretar seus oráculos, a acender as velas.

Ninguém sabia a origem do óleo que vertia das velas. Lendas falavam de um sonho que teve o noviço Orestes, que adormeceu enquanto vigiava e acordou, agitado, para ser o primeiro a ver a Substância. Orestes chegou a sumo-sacerdote, mas não confirmava a história. Nem a desmentia.

Meu irmão sempre insistiu que não há milagres. Que as pessoas curadas pelo óleo seriam curadas de qualquer jeito e que as que não se curam, perdem a oportunidade de procurar tratamento adequado.

Ao que respondo: que tratamento adequado? Muito da velha ciência se perdeu com o Fim. Bibliotecas sobreviveram, mas o conhecimento contido nelas depende de um conhecimento anterior para ser compreendido, e esse conhecimento anterior só faz sentido no contexto de uma sabedoria ainda mais antiga. Temos sábios trabalhando nisso – meu irmão é um deles –, mas ainda há muito o que redescobrir antes que a Medicina volte a ser o que pensamos que um dia foi.

Caminhávamos em direção a uma porta lateral do santuário. Ela costumava ficar trancada, mas funcionários, sacerdotes e santos têm cópias da chave. Eu era um dos santos – a regeneração de meu braço fez de mim uma Testemunha Primária, um título exaltado na teologia da profetisa.

– Teologia de Orestes – meu irmão me corrigia, sempre, insistindo. – A profetisa nunca disse nada.

No sentido próprio, ele estava certo. O que tínhamos, numa descrição precisa, era a palavra da profetisa, tal como representada pelos sacerdotes. Mas meu irmão era um dos poucos pedantes a fazer questão de manter esse elo sempre explícito.

Naquela noite abri a porta sentindo o coração perturbado. Os acontecimentos da tarde ainda me confundiam, e a perspectiva de ouvir a profetisa diretamente (sem intermediários, sem intérpretes além das máquinas) era excitante e assustadora ao mesmo tempo. Poderia ser uma enorme graça, poderia ser um pecado inigualável.

Só meu irmão para me arrastar numa aventura dessas.

* * *

Durante a tarde, os gritos do pregador com sua Bíblia surrada tinham sido um mero pano de fundo para o drama principal. Por vários meses, meu irmão havia estudado os antigos registros sobre máquinas criadas para ajudar pessoas com problemas. Máquinas que ajudavam os incapazes a andar, os deficientes a pensar, os cegos a enxergar, os surdos a ouvir, os mudos a falar. Como a população de mutantes não parava de crescer, esse era um estudo cada vez mais importante e fundamental.

E então um dia, semanas antes, ele havia descoberto algo – alguma coisa que se relacionava à profetisa, e às máquinas ao redor da caixa de cristal.

– O sistema da profetisa – disse ele –, é um suporte de vida. Algo criado para manter uma pessoa viva durante muito tempo, mesmo sem água ou comida. Antes do Fim, as pessoas usavam isso em hospitais, com pacientes muito doentes e em viagens longas, para outros planetas.

– Então a profetisa veio mesmo do céu? – lembro-me de ter perguntado.

– É difícil entender como o sistema sobreviveria intacto à queda de uma espaçonave, mas por que não? – ele deu de ombros. –Antes do Fim, todo tipo de coisa era possível. Mas, se você quer mesmo saber, podemos perguntar para ela.

– Perguntar a Orestes, você quer dizer? – retruquei, achando que faria meu irmão provar do próprio pedantismo.

– Não, a ela. Porque uma dessas máquinas – ele fez um gesto na direção da parede, onde havia uma pintura sacra da profetisa na caixa, cercada por seu aparato esotérico –, é idêntica a esta outra — ele indicou uma ilustração de um dos livros abertos sobre sua mesa – que é um dispositivo de comunicação. Se o ligarmos, *a profetisa poderá falar.*

Foram necessárias duas semanas, mais o uso intenso do peso político de minha posição como Testemunha Primária, para convencer Orestes a permitir a experiência. Depois, mais cinco dias de purificação ritual para que meu irmão pudesse tocar o aparato esotérico sem cometer sacrilégio.

E então, o dia havia chegado. A tarde marcada. No santuário, algumas poucas autoridades e figuras públicas convidadas por Orestes. O povo propriamente dito acotovelava-se do lado de fora. Suas vozes, como os gritos do pregador, eram um pequeno ruído de fundo.

Durante toda a manhã, meu irmão e uma equipe de noviços trabalharam montando uma grande tela, a fim de que as palavras da profetisa fossem projetadas para que todos os que estivessem dentro do galpão – os convidados – pudessem vê-las. O cabo de conexão entre o aparato esotérico e a tela foi abençoado três vezes.

– O aparato da profetisa – meu irmão disse sobre o altar, ao lado da caixa de cristal, para que os convidados o ouvissem – permite que ela veja e ouça tudo que acontece ao seu redor. Isto é o que chamo de aparato *de entrada*, e pelo que pude deduzir, sempre funcionou perfeitamente. O problema que localizei é do aparato *de saída*, a parte do equipamento que a profetisa deveria usar para se comunicar. Pedaços faltam nesse equipamento...

– ... E, em sua sabedoria, a profetisa dignou-se então a falar pela boca do sumo-sacerdote Orestes – completei eu, que estava, juntamente com o próprio Orestes, ao lado de meu irmão.

– Exatamente – concordou meu irmão, com um sorriso. – Mas a partir de agora, se tudo der certo, poderemos ler a Palavra revelada, saída diretamente do espírito da profetisa.

– Sempre fui um porta-voz imperfeito – disse Orestes, por sua vez, sem soar muito convencido do que dizia. – Não por culpa dos poderes da profetisa, mas por minha própria indignidade. Dou, portanto, as boas-vindas a tudo que nos auxilie a penetrar de forma mais aguda e particular na Revelação.

Encerrados os discursos, meu irmão fez a última conexão e todos os olhos se voltaram para a grande tela sobre nossas cabeças.

Ali apareceram as letras do alfabeto, divididas em dois campos – de A a M na esquerda, de N a Z na direita. Subitamente, o campo da direita se expandiu, até ocupar todo o espaço da projeção. Em seguida, uma das letras – "M" – cresceu até tomar toda a tela.

Selecionada a primeira letra, a tela voltou ao estado inicial, com o alfabeto dividido em dois campos. A única diferença era o "M" que brilhava no alto.

O processo então se repetiu, destacando agora a letra "A". E mais outra vez, só que a segunda metade do alfabeto foi ampliada, e dela saiu a letra "N".

Meu irmão registrava, uma a uma, as letras que surgiam aos poucos: M-A-N-T-E...

De repente, a tela escureceu! Quase ao mesmo tempo, ouvimos um grito e todos nós, que estivéramos olhando para o alto, voltamos nossos olhos para o nível do altar.

O grito tinha partido de Orestes. Ele estava enrolado nos cabos do equipamento que meu irmão trouxera. Enrolado da maneira mais dramática: fios passavam-lhe por entre as pernas, envolviam-no pelo pescoço, circundavam sua cintura. Era como se o cabeamento fosse uma família de serpentes ávidas, a devorá-lo.

O grito, certamente, era o de um homem consumido.

– Mantende a fé! – foi o que o ouvimos dizer, assim que seus brados se tornaram inteligíveis. – Mantende a fé em homens santos, não em máquinas... Nenhuma máquina pode suportar o peso da Verdadeira Revelação. Filhos, discípulos, vossa profetisa vos diz: fiai-vos não no que a humana mão cria, mas nas obras do espírito.

Terminado o oráculo, Orestes pareceu relaxar – os cabos que o aprisionavam caíram por terra, flácidos – e teria desfalecido se eu não o amparasse.

– Assim falou a profetisa – disse um dos altos funcionários na plateia.

Um murmúrio se espalhou pela audiência. O experimento estava encerrado.

* * *

– Agora veremos o que a profetisa realmente tem a dizer, sem o teatrinho de Orestes – disse meu irmão, enquanto trabalhava junto ao aparato esotérico para restabelecer as conexões cortadas durante a experiência da tarde.

Não havia mais a luz do sol a filtrar-se pelos altos vitrais, mas as centenas de velas aromáticas que enchiam as alas do santuário queimavam dia e noite, e produziam luz suficiente. Ao menos, suponho que fosse suficiente: meu irmão trabalhava sem reclamar.

– Isso é sacrilégio – disse eu.

– Se pensasse mesmo assim, a gente não estaria aqui – respondeu ele, sem levantar os olhos do trabalho.

A resposta me fez refletir. Afinal, o que eu estava fazendo lá? Por que tinha concordado em ajudar meu irmão a invadir o santuário como um ladrão na noite?

Em casa, meu irmão me dissera que queria voltar ao santuário e ver "como o equipamento funciona sem Orestes arrancando os cabos". Por mais que eu relutasse em aceitar essa interpretação – que o sumo-sacerdote teria, deliberadamente, sabotado o experimento – a queixa de meu irmão era válida.

Mesmo assim, retruquei argumentando que o êxtase de Orestes tinha sido legítimo. Não foi ele quem arrancou os cabos, disse eu. Foi a profetisa, agindo por meio dele.

– Existe um jeito bem fácil de tirar a prova – foi a nova resposta que ouvi.

No fim, tenho de reconhecer que a estranha filosofia de meu irmão me intrigava. Seu modo de ver as coisas era como uma faca afiada, que cortava através das tradições e das verdades exaltadas, chegando muitas vezes a verdades simples – óbvias, até – mas nas quais ninguém havia pensado antes.

E, acima de tudo, havia o desejo de ler a Sagrada Escritura, saída diretamente do espírito da profetisa. Se fosse *possível...*

– Se ela não quiser, pode simplesmente queimar o equipamento todo – argumentava meu irmão. – E eu juro que calo a boca de uma vez por todas. Se acontecer algo assim, você pode até me batizar.

Gosto de imaginar que foi a ideia de salvar a alma de meu irmão que me levou às portas do sacrilégio. Mas sou obrigado a confessar que o verdadeiro motivo foi minha curiosidade.

– Pronto – disse ele, em meio à luz das velas, depois de ajustar o último cabo, de apertar o último parafuso. Todo o equipamento montado para o experimento continuava no altar, esperando que trabalhadores viessem na manhã seguinte para removê-lo. Meu irmão havia levado consigo apenas algumas pequenas peças de reposição.

Sentindo o coração bater na boca, ergui a cabeça para observar a grande tela. Novamente começaram a surgir as letras: M... A... N...

Os cabos não queimaram depois da letra "E". Aos poucos, vimos surgir uma frase completa, depois outra. Mas, se raios não caíram do céu, a mensagem da profetisa teve, ao menos em mim, efeito igualmente fulminante.

O que ela proclamou como seu primeiro versículo, depois de décadas de silêncio, foi:

"MANTEIGA NAS VELAS"

Em seguida:

"ENGANADOS"

Depois:

"NÃO SERVE PARA NADA"

– Bom – disse meu irmão, rindo –, pelo menos agora sabemos como os sacerdotes fazem o truque do óleo sagrado. Quando as velas se acendem, a manteiga esquenta, derrete, escorre. Ah!

– É a fé que faz o "truque" funcionar, não a manteiga, infiel. Os acidentes, a aparência, pode ser de manteiga derretida, mas, graças à fé, a essência é divina!

Era a voz de Orestes. Voltamo-nos para encará-lo. Ele estava parado, lívido, junto a uma sombra na extremidade do altar, e tinha algo na mão.

Uma arma.

– Ela não é uma profetisa ou uma deusa – disse meu irmão, que ainda não tinha visto o metal na mão do sumo-sacerdote. – É uma mulher de antes do Fim, ainda viva graças a uma medicina que mal podemos imaginar. Se você nos deixasse falar com ela, poderíamos aprender muito. E salvaríamos muito mais pessoas do que você, com suas fantasias macabras, seus êxtases ridículos, e sua...

Orestes estendeu o braço, e o metal da pistola brilhou com a luz refletida das velas. Meu irmão finalmente se deu conta de que estava provocando a ira de um fanático armado.

O sumo-sacerdote puxou o gatilho e só o que pude fazer foi me colocar no caminho da bala.

* * *

O que aconteceu em seguida foi o Milagre da Ressurreição, dizem alguns. Ou uma manifestação espantosa do potencial de minha mutação genética. Escolha sua alternativa favorita.

O tiro atraiu os guardas que tomavam conta das áreas externas do santuário e diversos outros sacerdotes. Algumas dessas testemunhas dizem ter visto a ferida em meu abdome se fechar enquanto a arma ainda fumegava na mão de Orestes. Pessoalmente, considero esses relatos um tanto quanto exagerados.

Hoje temos uma pequena reforma religiosa em curso, na qual meu irmão e outros que pensam como ele, interrogam a profetisa sobre a sabedoria do passado, enquanto eu e outros como eu tentamos manter as aflições mais intangíveis da população sob controle. Meu irmão diz que em breve talvez seja possível libertar a profetisa da caixa de cristal. Espero que isso aconteça na Páscoa.

Orestes, caído em desgraça, agora lidera um culto fundamentalista que volta e meia causa pequenas comoções na área ao redor do santuário, mas como novo sumo-sacerdote e Messias Ungido, tento manter uma postura tolerante.

Meu irmão reconhece que a situação melhorou bastante, mas continua insatisfeito. Ele teme que a profetisa venha a ser vista como uma fonte inquestionável de autoridade científica, criando o que ele chama de "novo dogmatismo". Sei também que ele teme que o poder *me* suba à cabeça, agora que como o Ungido eu praticamente substituí a profetisa como objeto de devoção popular.

Eu, pessoalmente, estou otimista. Venho preparando uma encíclica sobre o óleo sagrado que deverá acabar de uma vez por todas com a polêmica teológica sobre a natureza da manteiga que se esfrega nas velas do santuário. Proclamarei que a manteiga não é um instrumento de cura, e sim uma forma de união entre os fiéis e o Ungido.

Só não decidi ainda se vou proclamá-la como sendo a transubstanciação de minha carne ou meu sangue.

Clitoridectomia

A tenda do mercador de castidade era de quitina avermelhada por fora e pele rosada por dentro. O material estava vivo: a superfície interna arrepiava-se ao toque, exalando um aroma de flores exóticas e estendendo cerdas sedosas, numa carícia que surpreendia todos os visitantes, deleitava a maioria e desagradava profundamente a outros.

Lars viu-se no grupo minoritário: tanta ostentação, pensou – corretamente – só poderia significar uma conta muito salgada ao final da operação. Mas o mercador tinha sido recomendado pelas esposas mais velhas: e, se a experiência de Lars com mulheres lhe havia ensinado algo, era que sempre se podia contar com o ciúme de umas para pôr fim aos prazeres de outras.

Este fato, e um breve olhar para a mulher que trazia ao mercador – Hilde, a mais jovem de suas esposas e a única ainda em idade fértil – obrigou-o a engolir os receios. Hilde era bela, desejável. Sob o vento forte do deserto, nem mesmo o tecido rústico e pesado dos véus e vestidos deixava de moldar-se às curvas do corpo, destacando seios, cintura, quadris, coxas, ombros – coisas que os homens de outros clãs certamente notavam com avidez.

Era sua descendência que estava em jogo, disse Lars a si mesmo, a continuidade do clã, da herança. Seria melhor gastar um pouco mais agora do que investir toda a fortuna de sua linhagem em um bastardo, trabalhar décadas para ver prosperar o fruto da virilha de outro.

Hilde, por sua vez, encantou-se com a pele da tenda. Tinha ouvido histórias – da avó, ou de uma tia, não estava certa – sobre como uma ancestral, recém-chegada a Rudianos, ainda na primeira onda de colonizadores, trouxera um vestido de fibras vivas, homeotermas, que mantinham uma temperatura constante de 22 graus e respiravam exalando perfume de rosas.

O traje era hidratante e alimentava-se de gordura da pele e de células mortas: usá-lo por um dia era como rejuvenescer uma semana.

Não havia durado mais de um mês. Tinha sido calcinado pelos raios ultravioleta do sol de Rudianos, corroído pelos radicais livres no vento. Sentindo um estremecimento não de todo desagradável no braço, enquanto os pelos lambiam-lhe a ponta dos dedos, Hilde perguntava-se quanto tempo a tenda do mercador sobreviveria neste mundo.

– Mulher – era a voz de Lars, a voz do marido, a voz que Hilde conhecia melhor que a sua própria –, o homem quer ver você. É por ali – enquanto Hilde se voltava para encará-lo, Lars apontava para uma tapeçaria decorada que dividia o espaço interno da tenda em dois compartimentos. – No consultório.

* * *

O mercador era de fora. Hilde podia dizer isso só de olhar para ele – principalmente por causa da pele escura, naturalmente escura, não marcada pelo sol. Isso a confundiu por um momento. Havia mercadores de castidade em outros mundos?

– Dispa-se – disse o homem escuro.

Hilde sentiu um pequeno choque ao ouvir a ordem, uma ponta de indignação misturada a – ela se viu obrigada a admitir – um certo prazer perverso: é assim que o velho Lars vai preservar a fidelidade da esposa mais nova? Despindo-a diante de estranhos?

Que assim seja, pensou. Ouço e obedeço.

A frieza do olhar com que o mercador analisou seu corpo nu desconcertou Hilde. Ninguém nunca lhe dissera nada a respeito, mas ela sabia que era desejável – esta não era a grande verdade oculta por trás de tudo o que estava acontecendo? Que marido gastaria fortunas para tirar o prazer de uma mulher que não deleitasse os homens?

Mas não era frieza, Hilde disse para si mesma, parada ali, sem roupas, uma brisa que vinha não se sabe de onde enrijecendo-lhe os mamilos e arrepiando a pele dos seios, desejáveis mas, ainda assim, pequenos o bastante para dispensar suporte.

Era interesse profissional.

– Deite-se – ordenou o mercador.

Hilde estivera tão concentrada ao entrar no consultório que não havia notado nada além do homem, nenhum móvel, aparelho, nada. Agora, seguindo, com os olhos, a direção indicada pela mão aberta do estranho, viu o divã – se é que era um divã: uma peça onde ela poderia reclinar-se, mas que, na extremidade oposta ao apoio para a cabeça, era ondulada e bifurcada, um arranjo que manteria as pernas da mulher erguidas e afastadas.

Ouço e obedeço, pensou.

– Sabe – assim que Hilde se deitou, o mercador assumiu uma posição junto à extremidade bifurcada do divã, efetivamente desaparecendo em meio aos fartos pelos pubianos da mulher, que agora não podia mais vê-lo, mas apenas ouvi-lo e senti-lo –, vocês rudianianas deviam tentar convencer os homens a autorizar exames de DNA. É uma tecnologia antiga, mas confiável.

Hilde já tinha ouvido falar desses testes, que permitiam a um homem saber, com certeza, se um filho era seu ou não. Curioso o mercador estrangeiro achar que o exame era proibido: de modo algum. Apenas era irrelevante: a honra rudianiana exigia que cada homem se responsabilizasse pelo que fosse semeado em suas terras e em seu harém. Só isso.

Então, o estranho passou a tocá-la. Hilde duvidava que alguém conseguisse sentir prazer naquelas circunstâncias, mas foi surpreendida por uma suave contração involuntária do abdome. Sentiu que estava ficando molhada.

– Seu marido me pediu para verificar se você realmente tinha sido operada. E você foi, posso garantir – disse o mercador. – A glande do clitóris foi totalmente removida. Não de forma elegante, pelo que vejo, mas bem eficiente.

O homem falava de um modo que não era exatamente frio, mas também não chegava a ser amistoso – o tom misturava interesse técnico e uma simpatia distante, profissional. Certamente, suas palavras não traduziam paixão nenhuma, exceto pelo trabalho.

Mas havia algo na precisão técnica de seu toque, uma doçura ao mesmo tempo tão impessoal, que fazia Hilde sentir como se estivesse com o marido, como se esta fosse mais uma das noites ruins.

As noites que tinham feito Lars desconfiar, que faziam Hilde sentir--se culpada.

Ela estava molhada lá embaixo, e agora eram os músculos das nádegas que se contraíam. Havia algo elétrico nas pernas, também.

– O problema – o mercador falava como se não notasse o efeito que sua manipulação estava provocando, ou como se considerasse a reação de Hilde desimportante – é que o clitóris é um órgão muito maior que só a glande. Ele tem um corpo que se abre por trás dos lábios menores, envolve a vagina e penetra até abaixo do osso. A maior parte das terminações nervosas fica realmente na glande, mas o restante do corpo clitoriano é perfeitamente capaz de gerar um orgasmo.

Hilde mordia o lábio inferior e fechava os olhos com força, até lacrimejar. Não adiantou: seu corpo não era mais seu, era um elástico esticado até o ponto de ruptura, e só o que ela podia fazer agora era esperar para ver se ele iria rasgar ou...

Relaxar.

– Como demonstrado – disse o mercador, após ouvir o suspiro abafado de Hilde. – Claro, toda a ideia por trás da remoção da glande é tornar a mulher insensível, para matar, pela raiz, poderíamos dizer, a tentação de buscar intimidade com outros homens. Se o incentivo continua presente, portanto, há um problema. Ao menos, aos olhos do código de honra de vocês, aqui.

Hilde ouviu um tilintar de cristais enquanto o mercador continuava a falar:

– Toda a biologia funciona em sistemas de chave e fechadura – disse ele. – As coisas só acontecem quando duas moléculas, feitas sob medida uma para a outra, se encaixam. O que vou fazer, atendendo ao pedido de quem me chamou a este planeta, é criar uma caixa-forte química, com uma fechadura especial, para isolar o seu orgasmo.

Hilde sentiu quando o líquido gelado tocou sua vulva. No entanto, embora o toque em si a deixasse intrigada, não havia nenhuma excitação ligada ao fato – nem mesmo a do medo. Na verdade, o relaxamento progressivo que ela vinha experimentando consumou--se abruptamente, e Hilde se deu conta de que estava relaxada por completo, mas que não se sentia nem um pouco melhor com isso. De repente, seu corpo era como o corpo de outra pessoa.

Então, ela soube que as noites ruins tinham acabado. E experimentou a mais absurda mistura de alegria e desespero, como se o coração criasse asas e se transformasse em pedra ao mesmo tempo.

– Mas é claro que toda fechadura responde à chave ou combinação adequada – afirmou o mercador, afastando-se.

– Olá, Hilde.

A jovem virou a cabeça e viu Ingrid em pé, a seu lado. Desde quando ela estaria ali? Perguntou-se Hilde. Por onde teria entrado? Não pelo mesmo vestíbulo onde Lars aguardava, com certeza: Ingrid era uma das esposas mais velhas – e, na opinião de Hilde, a mais bela das mulheres estéreis de Lars. Diferente da maioria da população de Rudianos, tinha olhos escuros, profundos, que eram como grandes poços d'água à noite, à sombra e ao vento.

Era com esses olhos que Ingrid a contemplava, e sorria. Mesmo encapsulada na curiosa indiferença à sensação física criada pela intervenção do mercador, Hilde foi capaz de detectar um breve estremecimento, uma pequena tensão em si mesma. Ingrid era uma presença majestosa. Sempre tinha sido.

Comentava-se, no harém, que décadas atrás havia pagado um mercador para esgotar a fertilidade que ainda lhe restava, convertendo-a em uma forma duradoura de beleza, uma aura de poder mágico.

Sem mais nenhuma palavra, Ingrid contornou o divã até se colocar na posição que o mercador ocupara até então. Hilde não conseguia mais vê-la – mas de repente sentiu o toque feminino, tão diferente da textura áspera das mãos do mercador, na parte interna da coxa esquerda.

E então, outro toque, mais ao centro, mas indistinguível, indistinto, até um pouco desagradável – a princípio. Mas devagar, como uma imagem que entra lentamente em foco, Hilde foi se dando conta de nuances: úmido, quente, doce, rígido, porém flexível, um hálito perfumado e uma língua curiosa, brincalhona, carinhosa.

A cápsula de insensibilidade derretia, mas não rápido o bastante: Hilde sentia-se como um personagem de conto de fadas, como a menina que comeu um biscoito mágico e agora cresce, cresce, chocando-se, empurrando, derrubando as paredes e o teto que a contêm.

As paredes explodiram ao redor de Hilde. Hilde explodiu ao redor de si mesma.

Quando voltou a abrir os olhos, a jovem viu Ingrid ajoelhada ao seu lado, os rostos tão próximos que quase se tocavam. Hilde mergulhou nos olhos escuros.

– Você gostaria de fazer o mesmo por mim? – perguntou a mulher mais velha.

Ofegando, Hilde só conseguiu assentir com a cabeça.

Ingrid sorriu:

– Esta noite, então. Lá em casa.

Ingrid se levantou e saiu, por alguma passagem que Hilde não conseguiu ver. Meia hora depois, a jovem já estava vestida e aguardava, atrás de um biombo, enquanto Lars conversava com o mercador.

– Demorou – queixou-se o marido.

– O processo é simples, mas é importante explicar para a mulher o que está acontecendo – desculpou-se o mercador. – Senão, sempre pode haver a tentação de testar a tranca, de buscar um homem que possa forçá-la. Essa é uma promessa que muitos sedutores fazem.

– E isso não é possível? – perguntou Lars.

– Nenhum homem pode abrir a fechadura que criei.

Não, pensou Hilde, lembrando-se das instruções que recebera enquanto se vestia: nenhum homem. Mas todas as mulheres tinham a chave, na ponta da língua.

Nativos

A MOÇA ESTAVA encostada, não, *espremida* contra a parede. O medo, uma coisa palpável. Um dedo titânico, invisível, esmagando uma varejeira de encontro ao azulejo.

Do peito da moça, pela garganta, subia um zunido.

O que ela temia? Três homens.

O número quatro, o homem que havia sussurrado coisas, lambido sua boca molhada, que a levara até a adega escura debaixo do bar – ele estava num canto, sem vontade ou mesmo desejo de interferir. Seu interesse, qualquer que fosse, havia desaparecido com a chegada dos três.

Coitados.

Mesmo enquanto agia, tive pena deles. O primeiro, derrubei por trás, paralisando o nódulo nervoso na base do pescoço. Não me preocupei em suavizar a queda e na adega, alta, fazia eco – o segundo ouviu e se virou, com uma arma de fogo na mão. A distância era curta, mas mesmo assim ele teve tempo de dar um tiro, que passou longe. Com o polegar esquerdo toquei-o no centro da garganta, fazendo a traqueia dobrar. Ele soltou a arma, caiu e começou a ficar azul.

O terceiro era o mais próximo da moça e estava armado com uma faca. Se tivesse visto minha insígnia provavelmente usaria a menina de refém, mas em vez disso atacou, girando o corpo e esticando o braço numa paródia de golpe de esgrima. Seu prêmio: duas fraturas, uma no carpo e outra pouco abaixo do cotovelo. A segunda, exposta.

Controlada a situação, apertei as laterais da traqueia do homem da arma de fogo entre o polegar e o indicador até que ouvi o "pop!", familiar, do tubo voltando à forma correta. O agressor podia respirar outra vez e estaria vivo para ser punido de acordo com os costumes da comunidade.

Estupro recreacional simples é uma das poucas psicopatias violentas para a qual a cura por reinstalação cerebral não é compulsória. Os estupradores têm duas escolhas: a cirurgia ou uma colônia em fase beta.

A ideia é que quase ninguém sobrevive a uma colônia beta.

Ênfase no "quase": um dos três caídos no chão, o do braço quebrado, tinha a pele já quase toda trocada por próteses obsoletas de couro cerâmico e escamas biônicas, com retalhos de polímero e queloides de adesivo preenchendo o vazio deixado pelos tumores. Tudo isso, sinal de uma vida passada sob o sol de Narrazzarai antes de os escudos de radiação estarem bem calibrados. E tinha ainda o rosto – o nariz e a boca substituídos pelo labirinto de pseudoguelras, canais, pétalas de tela e filtros, a rosa desabrochada de carne e cartilagem que marca a face típica do exilado de primeira geração.

Os outros dois tinham porções da pele dos braços e da nuca substituídas por cola e plásticos, mas só. Eram tipos recentes.

A moça sentou no chão e começou a soluçar. Respirava com dificuldade. O quarto homem foi até o lado dela e já começava a passar o braço trêmulo por volta dos ombros nus quando o ergui pelo colarinho – acho que, junto com a camisa, peguei um bom tufo de pelos do peito.

– Vá chamar o encarregado, bostinha – disse a ele, empurrando-o na direção das escadas. – Avise que o corregedor chegou.

* * *

O dono do bar, que tinha descido para ver o que estava acontecendo – nada contra sexo na adega, informou-me, desde que as partes estejam de acordo e preservem a higiene – se comprometeu a cuidar de tudo, então subi e saí.

No sol.

O lugar, a aldeia, não tem um nome oficial. Nos mapas, a legenda diz pólo diurno, mas isso é uma classificação geográfica, não um nome. Os moradores das colônias agroindustriais dos arredores chamam o núcleo urbano autônomo de Jaansuz, o que parece significar "Mundo Queimado" em alguma língua terrestre.

Soa adequado.

Em todo o hemisfério ocidental de Narrazzarai é sempre dia, mas aqui é sempre meio-dia. A temperatura vai de 40 a 50 graus, dependendo das manchas solares e do vento. Pequenos cisas – redemoinhos – são comuns, mesmo no povoado. Às vezes, dois ou mais cisas se unem e formam o temível harmattan, menos uma tempestade que uma neblina persistente, um nevoeiro feito não de vapor, mas de partículas de poeira, e que cobre tudo, esconde tudo, penetra em tudo.

A maioria dos colonos prefere viver no continente sul, perto da zona de crepúsculo, ou nos arquipélagos; já os trabalhadores das minas, fábricas e fazendas que às vezes vêm a Jaansuz para gastar e relaxar moram no subterrâneo, a vários quilômetros de distância.

A cidade é uma atração para nômades, arruaceiros e operários de folga, sustentada pelos subsídios pesados que o Consórcio para quem se estabelece nos continentes polares, diurno e noturno. Depois de cinco ou dez anos no sol ou no gelo, quem não quiser renovar é capaz de voltar para a Terra com uma boa bolada.

O sol aqui é como uma brasa que queima, mas não arde. Emite mais infravermelho do que luz. Tudo é escuro. E o calor, contínuo.

As plantas têm folhas negras de que o gado e os cavalos parecem gostar. Clorofila é inútil debaixo de uma luz tão ruim. As raízes descem fundo e no caminho se ligam a fungos que se ligam às bactérias que decompõem um verme que come um líquen que bebe das geleiras subterrâneas, em derretimento lento e perpétuo causado pelo calor que vem de dentro do planeta. Há toda uma ecologia incrustada na rocha e enterrada na areia, uma biosfera que começa a um palmo de profundidade e segue pelo subsolo, ligando o ar aqui fora à energia que emana do centro de Narrazzarai.

Eu fitava a sombra minúscula de meu corpo, o olho esperando, instintivamente, que ela se movesse ou se alongasse. Vi três cisas passarem, discretos. Ponderei a demora do encarregado.

Qual poderia ser o problema?

Imaginava se não seria melhor me dirigir à chefatura quando a moça saiu do bar e veio falar comigo.

– Não precisa agradecer – falei.

Ela ignorou isso e disse:

– Tu não é ciborgue, né?

A forma de pronúncia da palavra "ciborgue" era bem pouco lisonjeira. Mas havia uma outra coisa implícita na voz – uma excitação nascida de repulsa, como a criança que ao mesmo tempo detesta e adora a ideia de tirar a tampa da caixa preta onde, dizem, há um pássaro morto.

Respondi com cautela:

– E se eu for?

– Então, não preciso te dar nada.

– Como assim?

Ela riu, embaraçada:

– Ciborgue não é gente.

– Bom, eu sou gente.

Ela riu de novo. Aparentemente se deu por satisfeita, porque em seguida a voz mudou para um tom mais formal:

– O senhor esqueceu seus recibos.

Ergui a aba de meu chapéu e dei uma boa olhada na moça. Era uma menina de cabelo castanho e olhos da mesma cor, só um pouco mais claros. Queixo fino. Tinha lábios carnudos demais para uma boca tão estreita. Parecia quase um bico, uma caricatura.

Vestia o mesmo vestido branco que eu tinha visto durante a briga, colo exposto e ombros de fora. Agora, no entanto, usava um colar – um cordão de barbante escuro adornado com o que pareciam ser seis pequenos ovos escuros, preservados e protegidos em algum tipo de esmalte, transparente e brilhante.

Na mão estendida ela me oferecia três orelhas humanas, envoltas, pelo que pude deduzir, no mesmo tipo de esmalte. O serviço tinha sido feito às pressas: havia respingos de sangue misturados no revestimento.

Um fio negro unia os troféus.

– Recibos?

– O senhor pode trocar na chefatura. Valem um bom dinheiro.

– Orelhas?

– Orelhas de ciborguetas que tentam estuprar.

"Ciborgueta" ela pronunciou deste jeito, "Cibôr'-éta", como se fosse uma contração de "ciborgue" e "beta". A natureza do preconceito, assim, ficou um pouco mais clara. Já a palavra "estuprar" soou como uma peça de jargão acadêmico, ou algo acontecido com outra pessoa em outro planeta, séculos atrás.

Bati com a unha numa das orelhas do colar. O som era quase metálico.

– Bem preservadas – comentei.

– Yuang tem todo o material. É rápido.

– Yuang?

– O homem do bar. O dono. Ele também tem um curtume. Me prometeu fazer uma sombrinha da pele deles. Se o couro for bom o bastante, claro.

– Matar betas é um esporte assim, tão popular? É estranho que eles ainda venham gastar dinheiro aqui.

Ela deu de ombros:

– E onde mais iriam? A cidade deles é igreja e estrebarias. Além disso, só se pode matar os que tentam pegar mulheres. À força, claro. No caso, Elburz e Yuang podem testemunhar que o que o senhor fez...

– Eu *não* os matei – disse. – Sou contra matar. Quem é Elburz?

– Meu querido.

– Ah, sim. O valentão que ficou de me trazer o encarregado?

Mais uma vez, ela me ignorou. Foi como se eu não estivesse lá. Depois, perguntou:

– Mas o senhor vai testemunhar por Yuang, claro – ela parecia um pouco preocupada e tocou as bolas do colar com um gesto nervoso. – O senhor vai dizer ao encarregado o que eles estavam fazendo, não vai?

Denunciar as mortes como totalmente desnecessárias iria fazer alguma diferença? A questão se formou na minha cabeça, mas o que realmente perguntei foi:

– Eles tentam muito isso? Pegar mulheres?

– O tempo todo.

Não tive dificuldade em detectar a convicção forçada. Ela não estava realmente respondendo, mas recitando algum tipo de catecismo. Fiz um ruído qualquer, sem mover os lábios, o tipo de som que ela poderia interpretar como achasse melhor.

– Qual seu nome? – perguntei, depois de alguns instantes de silêncio.

A moça fechou os olhos, ergueu o queixo e respirou fundo, produzindo um som áspero que crescia, vindo do fundo do peito. De repente virou a cabeça de lado e cuspiu uma massa esverdeada no chão. Abriu os olhos, voltou a me encarar e sorriu, passando a língua na frente dos incisivos, muito brancos, muito grandes.

– Ava, ao seu dispor – disse, com uma mesura.

Depois de se certificar que eu tinha guardado as orelhas, fez nova mesura e foi embora.

* * *

– Só posso lhe pagar meia recompensa, moço – disse o encarregado, assim que entrei em seu escritório e coloquei o cordão de orelhas na mesa.

– Meia?

– Três orelhas, diferentes entre si. Deviam ser seis, não é?

– A outra metade está com um tal de Yuang.

– Eu sei. Ele já veio receber.

Tive de rir.

– A situação já estava totalmente controlada quando...

O encarregado deu de ombros:

– Não quero ouvir isso.

– Certo – falei, esfregando as mãos e batendo no chapéu, o que produziu um harmattan em miniatura, logo dissipado pelo controle ambiental da sala. – Ótimo.

– Sente-se.

Obedeci.

– Sabe – disse o encarregado –, já era hora de mandarem alguém aqui para investigar isso. Esses betas já são uma praga do jeito normal, divididos em tribos e clãs, nômades, matando uns aos outros, que Deus os abençoe por isso e que o Diabo os carregue em seguida, mas quando resolvem adorar o demônio e construir uma cidade...

– Desculpe, mas acho que não estamos nos entendendo. Sou um corregedor.

– Mas é disso que precisamos, ora merda. Um de vocês, ciborgues anabolizados fodidos e indestrutíveis, para ir lá e... e... Não foi pra isso que mandaram você aqui? A corregedoria militar não recebeu meu relatório? O pessoal da inteligência?

– Não sou da corregedoria militar. Nem da de inteligência. E, a despeito do que o senhor possa ter ouvido, não sou um "ciborgue anabolizado fodido e indestrutível".

– Não é da segurança?

Dei de ombros:

– Não. Corregedoria diplomática – coloquei minha insígnia sobre a mesa, ao lado das orelhas, para que ele pudesse estudá-la. – Relacionamento com espécies nativas. Estou aqui por causa de outro relatório. Vim para ver a reserva indígena.

* * *

Muita gente na Terra ainda nutre a velha ideia da vida como uma coisa frágil e rara, como uma orquídea preciosa. Mas o ser vivo quintessencial não é a orquídea, mas a bactéria: algo capaz de resistir a tudo, adaptar-se a tudo, reduzir-se, se necessário, a um esporo, inerte mas pronto para eclodir e devorar a própria galáxia se surgir uma oportunidade.

"Vida" não é um bebê humano, com suas exigências de dieta, assepsia, temperatura e pressão. "Vida" é um vírus encasulado, é uma colônia de bactérias, sempre pronta a produzir uma nova geração melhor, mais forte, imune aos últimos antibióticos, capaz de vencer até os nanoides.

Veja Narrazzarai, por exemplo.

O sol deste sistema é fraco, mas o planeta fica tão perto da estrela que o bombardeio radioativo é muito mais intenso, por exemplo, do que na Terra. A luz pode ser ruim, mas há neutrinos, nêutrons, elétrons acelerados, núcleos de hélio e bósons de todo tipo por aí.

Quando os colonos beta foram mandados para cá, os geradores de atmosfera e os amplificadores de escudo magnético ainda estavam sendo calibrados. As mutações e mutilações na primeira geração foram importantes para o ajuste fino do maquinário. Assim, muitos criminosos pagaram suas penas.

Ainda hoje a comunicação sem fio no planeta é deficiente, com o Consórcio não muito disposto a pagar por satélites com a blindagem necessária. No geral, a datasfera é uma bosta. E uma desculpa conveniente: quando requisições como a do encarregado são ignoradas pela burocracia, é fácil pôr a culpa nas tempestades solares.

E, mesmo assim, havia – há – vida nativa no planeta. Numa forma inédita.

Não sou cientista, mas a ideia geral é de que os inspetores de biosfera que vieram a Narrazzarai encontraram certas interações eletromagnéticas e de espaço-tempo que pareciam não só espontâneas como capazes de movimento, reação a estímulos e reprodução.

Os sinais visíveis eram luzes súbitas, relâmpagos esféricos, arco-íris em dodecaedro e, às vezes, longas "serpentes" de ionização que passavam rastejando entre as rochas. Nas palavras de um poeta que não chegou a ficar lá muito famoso, tinham sangue de fótons circulando em veias de elétrons que irrigavam músculos de plasma, envoltos por escamas de energia magnética.

Houve um debate sobre se as criaturas eram mesmo criaturas, seres vivos, ou apenas fenômenos físicos peculiares, como auroras boreais e fogos-fátuos. Não se chegou exatamente a uma conclusão a respeito, mas o Consórcio é sensível ao "lobby" ambientalista e resolveu se manter no lado seguro.

Esses "seres" tinham metabolismo de escala quântica. Sua ecologia peculiar baseava-se no campo gravitacional do planeta e na radiação abundante. Radiossíntese, como dizem os livros sobre a fauna local.

O problema: a fim de tornar o planeta habitável para seres humanos, seria necessário reduzir drasticamente o nível de radiação que chegava ao solo. A solução: uma reserva, a poucos quilômetros do perímetro urbano de Jaansuz, sob jurisdição do encarregado local.

* * *

– "Outro relatório", é?

Pude ver que o encarregado, que se chamava Iraklion, não estava nem um pouco feliz com minhas credenciais ou com o que havia depreendido de minha missão ali.

– Sobre alterações na estrutura de contenção dos nativos.

– Sei... – ao dizer isso, ele baixou os olhos e puxou com força o lóbulo da orelha esquerda. Eu conhecia o gesto, típico de um modelo popular de comunicador. Fiquei um pouco surpreso: depois de minha conversa com Ava, não tinha imaginado encontrar usuários de implante cibernético em Jaansuz.

O encarregado estava chamando alguém.

Voltando-se novamente para mim,disse:

– Vossa Excelência vai me desculpar – dava para ouvir a voz arranhando o fundo da garganta, durante o "Excelência": essa era a forma masoquista de Iraklion rosnar seu sarcasmo – mas no momento não tenho tempo para cuidar desse assunto. Se quiser...

Não me dei ao trabalho de prestar atenção no que foi dito em seguida. A implicação era óbvia – ele estava tentando virar a mesa da burocracia contra mim. Em Jaansuz o encarregado era a autoridade máxima, e havia decidido que meu caso não requeria atenção imediata. Se eu quisesse reclamar teria de apelar para a instância seguinte, no continente sul. De um jeito ou de outro, meu destino era um belo chá de cadeira.

Ao menos, era o que ele pensava.

Havia uma satisfação cruel no rosto do encarregado quando me levantei. Em mim, ele punia dezenas, talvez centenas, de técnicos pernósticos e burocratas indolentes.

A expressão mudou, porém, quando em vez de pegar a credencial que havia deixado em cima da mesa, empurrei-a para mais perto dele.

– Leia.

Pela primeira vez, ele leu com atenção as palavras gravadas no escudo brilhante de irídio e empalideceu.

Além de me apresentar como corregedor diplomático, o texto, curto e preciso, me concedia poderes de interventor: em termos legais, a jurisdição de Jaansuz e arredores poderia ser reivindicada por mim a qualquer momento.

Nenhuma burocracia envolvida: na prática, bastaria que eu apertasse um botão em meu cinto e todos os sistemas semi-inteligentes da cidade – como o controle ambiental do escritório – passariam para o meu controle.

A palidez não durou muito. Logo Iraklion assumiu uma face completamente neutra e voltou a puxar o lóbulo esquerdo.

– Onde diabos está o doutor? – perguntou, como que para o ar ao redor. – Eu quero... Hein? O que é isso?

Iraklion estava recebendo algo pelo implante de comunicação.

– Merda! – o grito quase me assustou.

Nos instantes seguintes, o encarregado se levantou correndo da mesa, pegou o casaco, o chapéu, abriu a porta e pôs um pé para fora – lembrando-se, no último instante, de que eu ainda estava lá.

– Bem, senhor interventor, seus preciosos nativos vão ter de esperar. Apareceu uma emergência de verdade. Se quiser desligar meu ar condicionado, vá em frente.

– Posso ajudar?

– Tem certeza de que não é anabolizado, fodido e indestrutível?

Peguei o colar de orelhas de cima da mesa e acenei com ele.

Iraklion riu:

– Que porra! Vamos lá!

* * *

A cavalo, saímos da cidade. Não apenas Iraklion e eu, mas também o médico local, Turmakai, que estivera em contato com o encarregado por meio de um implante comunicador. Pelo que pude entender, de toda a população fixa da cidade apenas os dois violavam o tabu da comunidade contra implantes biônicos, fato que era uma espécie de segredo de polichinelo – perfeitamente aceitável enquanto todos os cidadãos aderissem ao acordo tácito de fingir não saber.

Os cavalos deste planeta são descendentes do animal terrestre de mesmo nome, mas na verdade parecem mais um cruzamento entre rinoceronte e dromedário. A pele dos animais é grossa e no focinho eles têm uma tromba articulada e curta, de não mais de vinte centímetros, que termina numa unha muito dura, um chifre recurvado e invertido, semelhante a um punhal.

Os cavalos usam o molusco – como o chifre é chamado – para revirar o solo, em busca de comida e umidade. São animais muito velozes: em poucos minutos havíamos chegado ao topo de um promontório que nos permitia ver o grande cânion que contorna Jaansuz pelo norte. O fundo do vale estreito existe sob sombras eternas, e é dali que se extrai gelo e água para a cidade.

Podíamos ver ainda Kidara, o acampamento dos betas (também erguido junto ao cânion, mas alguns quilômetros adiante) e dez pontos escuros se deslocando pela planície.

– Elburz e amigos – disse o médico, apontando para eles. – Ouvi a conversa deles. Disseram que iam punir os betas pelo que fizeram com Ava.

– Os betas que atacaram Ava já foram punidos – disse eu. – E o tal Elburz não parecia nem um pouco interessado em se meter com eles, na hora.

Turmakai deu de ombros:

– Esse culto satânico de Kidara é pacífico. São os betas mais bem comportados que já vi. Os que atacaram Ava eram desgarrados. Renegados ou hereges, provavelmente. Elburz sabe que os que vivem em Kidara são pacifistas fanáticos. É por isso que quer ir à desforra lá.

Iraklion não disse nada. Apenas esporeou o cavalo e partiu em disparada para interceptar os valentes vingadores.

Éramos três contra dez, mas Turmakai e eu não hesitamos em segui-lo. Cortamos o caminho do grupo de Elburz a poucas centenas de metros da cerca que marcava o perímetro de Kidara. A cidade dos betas era um amontoado de tendas de tecido sintético, plástico e couro de cavalo, erguidas ao redor de uma enorme estrutura de plástico metalizado, sobre a qual tremulava a bandeira típica dos satanistas – a estrela de cinco pontas dentro do pentágono invertido.

Mas não era para apreciar a arquitetura que eu estava ali, ao menos não naquele momento.

Num lance teatral, o encarregado atravessou seu cavalo na trilha que levava ao acampamento dos betas e fez o animal tirar as patas dianteiras do chão – movimento que a montaria complementou com um aceno do molusco em direção aos céus. No geral, uma apresentação bem menos elegante do que seria o empinar de um cavalo terrestre, mas o suficiente para fazer parar o grupo de valentes.

– Sai da frente, encarregado – disse Elburz, à dianteira de seu grupo. – Já que nem tu e nem o Consórcio toma uma atitude, nós...

– Vocês o quê, bostinha? – disse eu, aproximando-me. Elburz fez uma tentativa até que corajosa de sustentar meu olhar, falhando da mesma maneira que muitos outros homens, muito melhores do que ele, já haviam falhado antes.

– Porra, Burz, não deixa o mané tratar tu assim! – gritou uma voz em meio aos nove que o seguiam.

– É isso mesmo! – disse outro dos valentes.

– E vocês vão deixar ele fazer isso comigo? – perguntou Elburz aos colegas, queixoso, por cima do ombro.

Em resposta, os nove abriram sua formação, com três deles saindo da trilha à direita e outros três à esquerda, envolvendo-nos num semicírculo.

– Melhor não se meterem com esse cara, rapazes – disse o encarregado, temperando a calma profissional de sua voz com uma pitada de humor, dando a entender que se a situação toda não fosse assunto oficial, estaria rolando de rir. – Ele é um corregedor.

A entrelinha não podia ser mais clara: *anabolizado-fodido-indestrutível.* Iraklion era bom nisso, tive de admitir. Muito, muito bom.

Ato contínuo, tirei a insígnia do cinto e a ergui bem alto. À distância e com o solforte, eles não iam conseguir ler o que ela dizia, mas apenas ver o formato do metal polido.

– Ciborgueta, é? – disse o valentão à minha direita. Ele trazia um rifle sobre a sela. – Que legal.

– Ótimo mesmo – disse o que estava à minha esquerda. Esse tinha uma pistola no coldre amarrado à perna. – Será que aguenta um fogo cruzado?

– Rapazes... – a voz de Iraklion era a de um pai avisando o filho para não roubar frutas da árvore do vizinho. Em outra circunstância poderia ter funcionado, mas o sujeito à minha esquerda estava louco por um troféu. Quando vi o espasmo muscular no antebraço do Direita e notei o brilho no olhar do Esquerda, soube que era hora de agir.

Arremessei a insígnia com força para um lado, ao mesmo tempo em que saltava para o outro. O escudo de irídio acertou Direita em cheio no rosto, quebrando-lhe o nariz e fazendo o valentão cair do cavalo. A arma continuou onde estava, na sela. Enquanto isso eu agarrava o Esquerda pelo pescoço, tirava-lhe a arma do coldre e nós dois rolávamos pelo chão, por baixo das pernas do animal.

Um instante depois eu estava bem empoeirado, mas de pé, armado e usando Esquerda como um misto de escudo e refém.

O pobre Direita tinha desmaiado.

Iraklion não havia perdido tempo e também já estava com a arma na mão, encarando Elburz e os outros sete. A situação ainda pesava bastante contra nós, mas o moral dos valentes tinha sofrido um belo golpe.

– Escute aqui, Burz – disse o encarregado –, vocês começaram com dez a três, agora já são oito a três. Preferem voltar para a cidade quietinhos ou diminuir ainda mais o placar?

– Podemos acabar com tu, Ira – disse Elburz.

– E eu posso acabar com você – respondeu Iraklion. – Vocês dão cabo de nós, e cada um de nós leva um de vocês junto... Isso se o corregedor ali não estiver inspirado, senão acabamos levando uma meia dúzia. E aí? Os sobreviventes vão se achar uns gostosões, mas nem todo mundo pode ser sobrevivente. Pode?

Olhei bem nos olhos de Elburz e, antes que ele tivesse tempo de desviar o olhar, sorri meu mais beatífico sorriso.

– Vamos embora – ele falou. Rapidamente, o grupo deu meia-volta e se afastou. Esquerda e Direita, porém, continuavam conosco.

– Você tem uma cela no seu escritório, encarregado? – perguntei, enquanto eles eram amarrados e colocados sobre seus cavalos.

– Pode crer que sim – respondeu ele.

* * *

– Então, você não é *mesmo* um ciborgue?

Balancei a cabeça:

– Não.

Turmakai ficou em silêncio. Estávamos numa sala particular, nos fundos do centro de saúde de Jaansuz, e minha conversa com o doutor tinha algo de oficial: ele era o autor do relatório sobre a situação dos nativos, o relatório que me levara ao pólo diurno. Ou pólo infernal, como o médico me disse que o lugar também era chamado.

– Então, como você explica... – ele apontou para cima e girou o dedo indicador duas vezes, bem devagar. – Enfim, tudo... Merda, você salvou a gente lá fora!

– Não, eu encrenquei vocês. Se a turma de Elburz não tivesse cismado que eu era "ciborgueta", eles teriam cedido à voz de comando do encarregado.

– Certo. Você nos encrencou. Depois nos salvou. Não foi um feito comum.

– Sou um diplomata.

– Muito diplomático o que você fez... Com a insígnia e tudo.

– Sou um diplomata treinado em contato pacífico com *outras espécies*. Você sabe quantas formas de linguagem existem neste pedaço do Universo? Há espécies que se comunicam com cheiros. Com cores. Números. Existe uma tribo de pseudoprimatas em Gama Cephei II que tem um sistema altamente estruturado de protocolo, todo baseado na consistência das fezes. Eles debatem política jogando merda uns nos outros.

– E tem gente que duvida da panspermia... Mas o que isso tem a ver?

– Bom, na minha profissão, tenho de ser capaz de perceber não só quando estão falando comigo e como estão falando comigo, mas também a distinguir entre "Sois bem-vindo, recebemo-vos em paz" e "Oba, carne pra sopa". O que, claro, exige alguns aperfeiçoamentos.

– Mas, se você não é um ciborgue... Reinstalação cerebral?

– Isso.

– E aquele kung-fu todo, vem daí?

Assenti:

– Um bônus extra. A reinstalação aumenta a velocidade de processamento, minha capacidade de analisar diversas hipóteses ao mesmo tempo, incluindo dados contraditórios, e a percepção de padrões. Lidando com seres humanos, sou quase capaz de ler pensamentos... Não por telepatia, claro, mas na análise da microlinguagem corporal: por exemplo, a dilatação de suas pupilas e a leve contração do seu lábio inferior indicam que o que acabei de dizer fez você se sentir desconfortável.

– Espertinho.

– Como resultado disso tudo, também há um bom ganho em coordenação motora e tempo de reação.

O médico se levantou e voltou um pouco depois, com uma garrafa e dois copos. Ele ainda estava desconfortável, mas não mais comigo. Consigo mesmo. Sentia-se embaraçado. Isso me preocupou. O embaraço é uma emoção perigosa: poderia se transformar rapidamente em ressentimento contra a causa imediata – no caso, eu.

– O que Iraklion tem contra a cidade dos betas? – perguntei. – Pelo que você disse, eles são mais bem comportados que a população local.

– Os seguidores de Yazd, sim, sem dúvida – respondeu Turmakai, relaxando um pouco. Falar de um assunto sobre o qual ele obviamente sabia muito mais do que eu restabelecia sua autoconfiança. – E eles são toda a população permanente de Kidara.

– Yazd?

– O profeta deles. Uma figura e tanto. Dizem que, antes de receber as modificações de sobrevivência, era uma mulher.

– E então, por que Iraklion...?

– Bom, para a maioria das pessoas daqui, um beta é um beta, os betas são todos iguais e o beta bom é o beta...

– Morto?

– Nômade, em trânsito, de preferência com Jaansuz pelas costas. Cada nômade bêbado e brigão que passa por aqui é logo creditado na conta de Kidara, embora os betas de Kidara sejam abstêmios e, até onde posso dizer, estejam sob voto de mansidão e castidade.

– Nada de álcool, sexo ou violência? Isso não parece nada com o credo satanista típico.

O médico sorriu, dando de ombros:

– Sim. Não tem nada a ver com o que o Ka-Khan do Trono de Hermes prega, mas quem pode dizer? Todas as religiões têm seus hereges. E, mesmo desobedecendo às encíclicas de Mercúrio, Yazd insiste em hastear a bandeira.

A bebida que Turmakai havia trazido era muito forte, doce e espessa – descia devagar pela garganta. Se não fosse pela cor esverdeada, eu teria imaginado um vinho licoroso, reforçado com gel etílico.

Bebemos um pouco, em silêncio.

– E então, o que você pode me dizer sobre os nativos? – perguntei. – Seu relatório era muito vago.

– Era vago porque eu não sabia o que dizer, como ainda não sei. É melhor mostrar.

– Podemos ir agora? Ou é melhor esperar até amanhã?

– Amanhã? – o doutor divertiu-se com a palavra. – O fato de aqui nunca anoitecer tem algumas vantagens, sabia? Uma delas é que, a menos que você esteja com muito sono, nunca precisamos "esperar até amanhã".

* * *

A reserva dos nativos ficava num subsolo, dois quilômetros a oeste da cidade. A entrada era uma porta cortada num paralelepípedo de metal brilhante, um monolito prateado pouco maior que um homem, a estrutura central de um conjunto de cinco pilastras prateadas despontando, surpreendentemente, em meio ao deserto.

As outras quatro estruturas, do mesmo tamanho da entrada, eram grandes totens esculpidos, globos de Narrazzarai apoiados nas costas de morcegos pousados nas perucas de palhaços que cavalgavam formigas sentadas sobre pedaços de queijo, tudo entremeado por anfisbenas de cartola, centopeias de óculos e larvas sorridentes. Olhei para o médico e ergui as sobrancelhas. Ele deu de ombros, sorriu amarelo e disse:

– Dizem que sobrou um pouco de material da construção e o Consórcio não quis mostrar favoritismo, doando ou vendendo, e nem arcar com o custo de tirar tudo daqui. Então, algum espertinho...

Assim que passamos pela porta (aberta em resposta à credencial apresentada pelo médico, embora minha insígnia também pudesse ter servido) já estávamos no elevador, que começou a descer.

– Os nativos – o médico explicou enquanto descíamos – ficaram contidos em garrafas magnéticas, campos de força gerados pelos reatores. Não sei explicar como isso funciona, mas as garrafas interagem com os nativos e com o espaço-tempo ao redor, gerando a radiação de que eles precisam. Precisamos disso porque a radiação direta dos reatores não é adequada; se fosse...

– ... Se fosse, os nativos poderiam morar na câmara de fusão, e pronto. Mas isso quer dizer que eles tiram energia do vácuo?

– Não, não. Eles alteram o estado do vácuo, mas usando a energia dos campos magnéticos. Cada elétron-volt que sai substitui um que entra. Ou, ao menos, foi o que os engenheiros disseram.

– Muito tempo atrás.

– Exatamente.

Descemos do elevador e chegamos a um corredor longo, de piso branco e paredes cinzentas que se inclinavam até se juntarem uns dois metros sobre nossas cabeças, fazendo uma ogiva. A temperatura era bastante agradável.

– Melhor que o ar condicionado das casas da cidade.

Turmakai assentiu:

– Nem diga. Se o pessoal soubesse... Ia ser uma histeria danada, do tipo "essas aberrações vivem melhor que a gente", o que não é verdade, ou "o Consórcio gasta mais em energia com eles do que conosco", o que é.

Caminhamos em silêncio por algum tempo. Finalmente chegamos a outra porta. Antes de abri-la, Turmakai explicou:

– Por alguma razão, os nativos dentro das garrafas magnéticas assumiam o formato de cones... Cones de plasma colorido. Um era verde, o outro azul e o terceiro, violeta. Esses três eram os únicos. Mandei meu relatório porque essa configuração mudou.

– Mudou, como?

– Bem... agora há apenas um, de outra cor, é branco, mas que às vezes parece ter o volume dos outros três combinados.

– Parece?

– É melhor você ver.

Então ele abriu a porta, e eu vi.

Do outro lado havia uma câmara abobadada, escura, com uma pirâmide de luz branca flutuando ao centro. Ao menos, parecia uma pirâmide. Não um cone: havia arestas bem marcadas. Era uma pirâmide de base triangular, feita de triângulos de lados iguais.

À primeira vista.

Porque, em seguida, notei que tanto o vértice da pirâmide quanto a base triangular tinham sido ilusões de perspectiva: o que estava diante de mim era um trapezóide, não uma pirâmide inteira, mas truncada, com a base quadrada.

Não, não era quadrada: era um quadrilátero irregular. Eu mal havia chegado a essa conclusão quando a aresta que estava voltada para mim *se abriu* – sei que a expressão é inadequada, mas também sei que é a única possível: o que era uma única linha se transformou num par de paralelas que se afastavam, e a pirâmide truncada ganhou uma nova face diante de meus olhos.

Ganhou? Não, não exatamente: era possível intuir que em alguma outra parte da figura, do outro lado, onde eu não estava vendo, a operação inversa tinha lugar. Na face oculta, paralelas fundiam-se.

Havia um ritmo nas mudanças, na transformação de quadrados em trapézios, da pirâmide em tronco, dos triângulos em quadrados, das convergentes em paralelas, das arestas em faces e vice-versa. E havia algo que eu simplesmente não conseguia ver. O sólido de luz, em todas as suas maravilhosas transmutações, era, nitidamente, um pedaço, uma visão parcial de alguma outra coisa. Faltava algo. Não ao sólido, percebi, surpreso, mas a *mim.*

Faltava-me uma dimensão.

– Esta coisa é um 4-simplex? – perguntei.

– Bidu – disse Turmakai, e pela expressão em seu rosto pude fazer uma ideia nada lisonjeira do que exibia minha própria face.

* * *

O 4-simplex é o mais simples dos sólidos geométricos regulares em quatro dimensões. É, basicamente, uma pirâmide de triângulos equiláteros ou tetraedro, com uma dimensão extra.

Da mesma maneira que é possível desenhar um tetraedro numa folha de papel, usando perspectiva para sugerir uma terceira dimensão inexistente no plano, um 4-simplex pode ser visto, ou intuído, em 3-D – mas a perspectiva correspondente, com seu ponto de fuga literalmente fora do espaço, fora do universo, é desconcertante.

Mais desconcertante ainda, porém, era o fato de que o nativo, ou conjunto de nativos, estava tentando se comunicar. Ou isso, ou todo o dinheiro que o Consórcio havia gasto a fim de preparar meu cérebro para o contato com inteligências alienígenas tinha sido jogado fora. Havia um padrão, um código e uma linguagem embutidos nos movimentos do 4-simplex.

E eu não fazia a menor ideia do que poderia ser. Pior: com os sistemas de comunicação precários de Narrazzarai, eu não tinha nem como baixar um banco de dados especialista para me ajudar. Um tutorial em geometria do hiperespaço ou um manual sobre coordenadas complexas já teria sido útil, mas para conseguir isso eu seria obrigado a deixar o pólo infernal.

E com os diabos que iria me afastar daquela fantástica pirâmide, viva – e, talvez, inteligente.

* * *

Me mudei para a reserva. Dormia lá. Voltava a Jaansuz uma vez a cada dois dias, para comer, tomar banho, evacuar e mais nada.

O fato de a reinstalação cerebral me permitir suportar

confortavelmente a vida com apenas uma refeição a cada 48 horas houve por bem ampliar minha fama de "ciborgueta", é certo. Mas isso não importava. Meu interesse estava todo voltado para as poucas descobertas que fui capaz de fazer a respeito das características da criatura, ou conjunto de criaturas, que havia batizado, por falta de nome melhor, como "nativo".

Primeiro, o que eu via não era o 4-simplex completo. Não se tratava nem mesmo de uma projeção em 3-D da figura 4-D. O que eu via eram cortes – pedaços dele. Faces, se preferir: da mesma maneira que um cubo, apoiado sobre uma folha de papel, define um quadrado na superfície, o que via não era o alienígena em si, mas as marcas que o simplex definia no espaço. O resto dele, o *verdadeiro* ele, estava em outro lugar. A pirâmide truncada e cambiante, diante de mim, era apenas uma pegada, uma impressão digital.

O que levantava a questão: onde estaria o resto? Os sistemas da reserva não me diziam nada quanto a isso. Tentei rastrear a energia dos reatores – era de se supor que o restante do simplex estivesse se alimentando da mesma fonte que sustentava a "pegada" visível – mas não consegui. O computador apenas informava que todas as partículas encontravam-se na garrafa magnética, e que a garrafa localizava-se ali mesmo, na reserva.

Bendita a cegueira das máquinas, que podem ignorar tudo que está além de seus programas. Eu não tinha esse luxo.

Havia ainda a possibilidade de a quarta dimensão invisível dar ao simplex acesso à linha do tempo e de que o restante dele estivesse no passado ou no futuro. Logo que me ocorreu, porém, a ideia pareceu absurda: se tivessem liberdade de movimento no tempo, os nativos certamente já teriam fugido para o passado, quando as condições do planeta eram mais favoráveis a eles, ou para algum futuro distante.

Essas considerações todas, porém, eram meras distrações para meu verdadeiro propósito ali: buscar inteligências, decifrar códigos, estabelecer comunicação. Afinal, a "pegada" dos nativos poderia muito bem ser uma forma de escrita; e eu, afinal, sou um diplomata.

O código mais evidente para a comunicação entre espécies é a matemática, e já que meu interlocutor se apresentava como um hipersólido geométrico, não vi motivos para fugir do óbvio.

Estudei de perto a geração e a destruição das arestas, o período de rotação da pirâmide, a área das faces, o volume e os ângulos de clivagem dos troncos. E esses, felizmente, eram cálculos que eu estava equipado para fazer de cabeça.

Assim, cheguei à segunda descoberta. Não demorei a notar que as grandezas, para além das inevitáveis leis da geometria, mostravam-se relacionadas por uma segunda lei, facultativa, arbitrária – algo que parecia uma progressão geométrica, mas que, em determinados momentos, desaparecia como se numa tempestade.

Os valores passavam então a surgir como que ao acaso, parâmetros gigantescos seguindo-se a valores infinitesimais num ritmo violento que golpeava meu cérebro como um milhão de tambores ou uma centena de tiros, tudo apontando para um paroxismo, uma aniquilação – uma revelação, se preferir –, que nunca chegava: súbito, lá estava de volta a progressão geométrica tranquila, apenas com nova razão: em lugar de múltiplos de dois, múltiplos de três ou de sete quintos. Nunca menos de um.

A matemática do caos podia explicar esse comportamento, mas tanto a natureza quanto a inteligência podem ser caóticas: as variações, portanto, exauriam-me, mas diziam muito pouco.

Passei uma semana estudando o nativo, e tentando lê-lo, ouvi-lo. Preparava-me para começar a tentar me fazer ler ou ouvir – era possível, afinal, que a forma à minha frente tivesse tantas dúvidas sobre minha inteligência quanto eu em relação à dela – quando todos os meus esforços se mostraram fúteis.

* * *

Começou no quarto dia da exploração da pirâmide, quando fui, pela segunda vez, a Jaansuz para buscar comida e cuidar da higiene. Fiz o caminho a cavalo, o mesmo animal que deixava dormindo junto à entrada da reserva enquanto trabalhava no subterrâneo.

Depois de comer, juntar algumas provisões – água, principalmente – e de conversar um pouco com Turmakai, que se mostrou bastante solidário ante a minha falta de progressos, fui abordado por um beta.

Era diferente dos que eu havia enfrentado em meu primeiro dia no pólo infernal: menor em estatura, mas certamente não mais fraco – o plástico sobre seus ombros e antebraços era blindagem queimada de algum veículo de guerra antigo –, tinha olhos vermelhos, multifacetados, nenhuma boca ou nariz. Uma barba espessa lhe cobria o contorno da mandíbula, começando atrás das cúpulas auditivas, colocadas no lugar das orelhas, e descendo até a ponta do queixo. Os pelos vibravam enquanto ele falava, mas a voz não saía dali: parecia emanar do centro exato da face. O sintetizador estava em alguma outra parte do corpo.

Este beta trazia, amarrada à testa, uma faixa de tecido amarelo, com o símbolo dos satanistas pintado na fronte, a estrela de cinco pontas dentro do pentágono invertido. Um homem de Kidara, concluí.

– Satanás Pentajano e Yazd, seu profeta, enviam saudações e agradecimentos – disse ele.

– Retorno a saudação nos termos mais respeitosos e acolho a meu coração, em amizade, o agradecimento, embora desconheça o que possa ter feito para merecê-lo – respondi, acessando, por reflexo, o protocolo que me pareceu mais adequado.

As barbas do beta vibraram de uma maneira que interpretei como equivalente a um sorriso.

– Vossa Excelência é muito modesto – disse-me. – Os bárbaros teriam destruído nossa cidade sem sua interferência.

– Os agradecimentos, então, deveriam ser compartilhados com o irrepreensível encarregado, o ilustre Iraklion – sugeri.

O beta assentiu com a cabeça:

– Será feito. Mas, antes, o profeta Yazd quer lhe oferecer um presente.

– E qual presente seria esse?

A voz sintetiza alterou-se, assumindo um tom mais claro, profundo, antes de enunciar:

– "*Durante o harmattan, vai, segue em frente*".

– Um verso?

– Se assim Vossa Excelência o quiser – respondeu o beta, afastando-se.

* * *

Como verso era um decassílabo sofrível, mas como meteorologia foi bastante preciso: eu estava chegando à entrada da reserva quando vi os cisas se formando no horizonte. Na hora, julguei que fosse coincidência. O clima em Narrazzarai é ainda mais caótico que em outros lugares, e a ausência de uma rede de satélites complica bem as coisas.

Sensores instalados nos totens – aquelas coisas grotescas tinham alguma utilidade, afinal – me informaram quando os tornados amainaram, três dias depois de meu retorno ao subterrâneo. Eu passara o tempo brincando na sala de controle da garrafa magnética, pensando que tipo de mensagem poderia enviar ao nativo se fizesse variar a intensidade do campo magnético em suas faces e arestas. Uma sequência de picos de energia seguindo a linha dos números primos, talvez? Ou seria ingênuo demais?

Ainda estava longe de uma conclusão quando a tempestade finalmente passou, deixando o harmattan para trás. Eu já havia estourado meu período de jejum e continência forçada por 24 horas, ou 50%, e me vi praticamente forçado a voltar à cidade.

Lá fora, a névoa de areia e pó com certeza cobria tudo, mas eu tinha comigo uma máscara com função de filtro de ar e umidificador, boa para cobrir a boca e o nariz, e um par de óculos de plástico resistente.

Saí da reserva para encontrar um mundo que me pareceu mais submerso do que soterrado – era como se o ar e o pó fossem uma coisa única, uma substância nova, líquida, mas um líquido seco, sem umidade nenhuma: o harmattan, que ao se mover em fluxo, corrente e redemoinho criava sombras fantasmagóricas e fugidias em grande quantidade, isso num planeta onde até então eu só vira pouquíssimas sombras, todas permanentes.

Eu caminhava pelo fundo de um oceano acastanhado, em busca do cavalo que devia estar parado junto à porta, agachado e com a cabeça entre as patas dianteiras – é assim que esses animais se protegem das tempestades. A entrada às minhas costas e os quatro totens eram pilares vermelhos e borrados.

Vi a massa de seu corpo como uma sombra mais escura um pouco adiante, e tocando-o percebi que a cabeça não estava na posição normal de proteção – encontrava-se estendida, com o molusco quase amputado da tromba, preso a ela por umas poucas fibras de tecido esgarçado. Apalpando mais acima, entre os olhos, senti nas luvas a textura lodosa do sangue misturado à areia.

Sombras, então, moveram-se de detrás de três dos quatro totens. Antes de deixar transparecer que havia notado os visitantes, arranquei o molusco da ponta da tromba e o guardei no bolso do sobretudo. Em seguida, levantei-me devagar.

– E aí, ciborgueta? – a voz era alta e um pouco distorcida, projetada pelo sistema de som da máscara, mas não era preciso reinstalação cerebral para reconhecer Elburz.

O som vinha da minha direita, e batia com a sombra que se deslocara a partir de um dos totens. As outras duas sombras estavam uma à minha esquerda e a outra, à frente.

– Quer um cafezinho? – gritei de volta. Minha máscara não tinha alto-falante.

A resposta foi o estrondo de um tiro, disparado para o alto, a partir da esquerda. Os cretinos queriam brincar.

– Muito corajoso, isso – gritei, caminhando, no passo mais tranquilo possível, em direção à sombra que estava na minha frente. – três caras armados contra um, desarmado e sozinho, no meio do deserto. Vocês por acaso não estão se cagando?

– MATA ESSE FILHO DA PUTA!

Era a minha deixa: corri três passos sobre a areia fofa e saltei na direção do assassino adiante! Ao me lançar, quando meus pés deixaram o solo, acreditei que finalmente compreendia tudo; queria rir e chorar. Nada de mal poderia me acontecer. A menos...

Quase ao mesmo tempo, ouvi três explosões.

Duas, uma à direita e outra à esquerda, foram tiros que se perderam em meio ao harmattan, mas a terceira, adiante, foi maior, mais luminosa, seguida de um grito penetrante em voz de mulher. Os gases em expansão abriram uma brecha momentânea no harmattan e vi Ava, os braços em chamas, a face ensanguentada, o metal e o plástico retorcidos da arma, destruída, em suas mãos.

Caí sobre ela e rolamos juntos na areia, apagando o fogo e indo parar atrás do totem mais próximo.

– Ava! – gritou Elburz, e o amplificador fez a voz dele soar como Júpiter trovejante. – Tu pegou ele, gostosa?

– A mina tá quieta, Burz...

Ah! O terceiro também falava. Quanto a Ava, estava praticamente inconsciente. Pobre menina, não tinha experiência com armas: a dela havia entupido com o pó do harmattan.

Sabe-se lá quanto tempo Ava, Elburz e o outro tinham estado atocaiados ali, à minha espera. Desde a véspera, creio. E "Burz querido" não havia nem se dado ao trabalho de ensiná-la a limpar o rifle.

Típico.

Os braços dela estavam muito ruins, queimados e crivados de estilhaços. Também havia estilhaços na mandíbula, nos seios e através da máscara, ao redor do nariz. Os óculos estavam trincados e sangue escorria pelo canto da pálpebra direita – perfuração do olho? Sorte dela o tiro não ter saído pela culatra. A coisa poderia ter-lhe arrancado a cabeça.

Revistei-a. Ela não tinha mais armas. Em seguida, apertei e torci um dos estilhaços cravados na palma da mão esquerda – o suficiente para fazê-la gemer.

– Ava! – Elburz parecia mais amedrontado que alarmado com o gemido. – Tu tá legal?

– Ei, ciborgueta! Cadê tu? – gritou o Colega Misterioso. Como não havia nenhum ciborgueta presente, não respondi.

– Porra, Ava! Responde! – insistiu o romântico Elburz.

– Vambora cara – disse Misterioso. – Vambora que já era. Ava apagou o cara, o cara apagou Ava... tão os dois lá. Morto, morrendo, que diferença faz?

– É, é isso aí. Já era. Vamos.

Meu plano era usar Ava como escudo quando eles viessem para procurar meu corpo e resgatar a moça, mas nem isso queriam fazer. Deixar que "o harmattan acabasse" conosco pareceu-lhes melhor. Elburz já tinha enjoado de Ava, mesmo.

– Foi legal, amor – disse ele.

De trás de meu totem, observei as sombras que eram os dois assassinos começarem a caminhar na direção de outras sombras, maiores, que supus serem seus cavalos. Quando tive uma certeza razoável de que não olhavam mais na direção de Ava (ou seja, na minha), segui-os sem ser notado.

No harmattan, não foi difícil. A própria neblina gera suas sombras falsas, e é quase impossível distinguir rapidamente a sombra de um objeto verdadeiro, a menos que se esteja procurando por ele. Já Elburz e Misterioso, dois otimistas incorrigíveis, não tinham por que esperar mais ninguém.

Enfiei o molusco de meu cavalo morto entre as costelas de Misterioso, por trás, ao mesmo tempo em que lhe espremia a garganta com a mão esquerda. A máscara logo se encheu de sangue e quando começou a vazar – assim que o sangue tocou a mão que estava sobre a garganta – deixei o corpo cair. Seu cavalo continuava imóvel, na atitude de proteção. Só sairia dela se o harmattan acabasse, ou se fosse tocado no ombro pelo cavaleiro.

Sou um diplomata. Não gosto de matar. Talvez pudesse ter só paralisado o cretino, apertando o nervo certo. Mas um homem tem de saber reconhecer a hora em que o respeito às preferências pessoais deixa de ser razoável.

Olhei bem para ele: era um dos nove valentões que Iraklion, o doutor e eu tínhamos interceptado a caminho de Kidara. Nunca soube seu nome.

Peguei o rifle dele e esperei que Elburz aparecesse, montado, por detrás do totem correspondente. Assim que vi a sombra do homem a cavalo, puxando um terceiro animal (o de Ava, suponho), ergui a arma ao ombro e fiz fogo.

Elburz caiu. Corri até o corpo: cabeça pulverizada. Uma execução limpa, rápida e indolor, como prevê o estatuto do Consórcio.

* * *

Voltei com os três cavalos e Ava (inconsciente, mas ainda viva) para Jaansuz, deixei a moça e dois dos animais sob os cuidados de Turmakai, comi, cuidei de outras necessidades o mais rápido possível e, antes que o médico tivesse tempo de me fazer muitas perguntas, fui para Kidara.

O harmattan já havia baixado o bastante para eu conseguir ver, ainda ao longe, a bandeira dos "satanistas", visão que pôs um sorriso no meu rosto, ao mesmo tempo em que me deu vontade de ter uma perna extra no meio das costas, só para poder me chutar a bunda.

Como um sujeito que teve o cérebro mexido para ser muito mais esperto que o resto pode se mostrar tão estúpido?

Por exemplo, imagine uma cruz, plana, feita de seis quadrados iguais, quatro na vertical, dois na horizontal. Se você dobrar essa cruz corretamente, o resultado é um cubo. Assim, pode-se dizer que a cruz de quadrados é um cubo "achatado" sobre duas dimensões.

Agora, imagine (se for capaz) o 4-simplex, e tente adivinhar o que ele se torna uma vez "achatado". O simplex completo é feito de cinco tetraedros (ou pirâmides triangulares), dez triângulos, dez arestas e cinco vértices. Dez, cinco; cinco e dez. O que tem cinco linhas, cinco pontas e contém dez triângulos?

A resposta óbvia tremulava ao vento sobre a cidade-acampamento de Kidara.

* * *

O profeta Yazd me recebeu na grande tenda metalizada. Eu sabia o que esperar, uma vez lá dentro, mas mesmo assim a visão me surpreendeu – a "pegada" do nativo, enorme, brilhante, idêntica à que havia ficado na reserva.

Idêntica, não. Complementar: o ritmo era o mesmo com o que eu havia me acostumado, mas as exposições eram diferentes, faces onde eu esperaria arestas, arestas em vez de vértices.

Sim, complementar.

Yazd fez um sinal para que eu me sentasse, indicando uma almofada ao pé do nativo. Era a primeira vez que eu via o profeta. Sua voz era certamente feminina, o que emprestava crédito à versão de que, antes de se tornar um beta, Yazd havia sido mulher. Não há muito a dizer sobre a aparência do líder de Kidara: uma figura humanoide pequena, de pernas curtas e braços alongados, com um enorme espelho de plástico esverdeado no lugar do rosto e uma fileira de barbatanas cartilaginosas na nuca, por onde respirava.

– Assim, sempre posso encarar a tempestade – disse-me, explicando o arranjo. A voz parecia emanar diretamente do espelho facial, que vibrava.

– "Satanás Pentajano" – comentei, arriscando-me a pôr de lado o protocolo elaborado que havia usado com o arauto dias atrás. – Eu devia ter imaginado. "Jano", o deus de duas faces; e "penta"... Mas vocês não têm nenhum equipamento de contenção aqui, têm? Garrafas magnéticas?

– Oh, não...

– Este não é *outro* nativo? – perguntei, mesmo já prevendo a resposta.

– Com acesso à quarta dimensão, é fácil estar em vários lugares ao mesmo tempo, embaixador.

– Mas como você sabia que a arma de Ava iria explodir? Iria encher de areia?

– Foi isso que aconteceu? – Yazd parecia um pouco curioso. – Na verdade, só lhe enviei a mensagem do Pentajano.

– Você fala com ele?

– Ele fala comigo. E agora – o espelho facial verde mudou de cor, passando para algo próximo do azul – quer falar com você. A sós.

Sem questionar a vontade de seu deus, Yazd se levantou e me deixou só na tenda de Satanás Pentajano.

* * *

Senti os pelos no dorso de minhas mãos eriçarem-se. Ouvi uma voz. Mas o ar permanecia imóvel. Meus tímpanos não vibravam. Agora até mesmo meus cabelos estavam arrepiados, e não era de medo – não só.

De algum modo, Pentajano estava usando campos eletromagnéticos para estimular diretamente o centro de audição de meu cérebro.

– Bem-vindo, embaixador – disse a voz, andrógina.

– Qual seu nome?

– Satanás Pentajano é um bom nome.

– Você é um deus? Você comanda esses homens, os betas?

– Consigo expressar algumas ideias, intenções... Mas a recepção nunca é muito clara. Por algum motivo, quase tudo acaba se transformando em sonhos ou enigmas a serem interpretados. Mas Yazd é um bom intérprete. Bem-intencionado, certamente, embora eu nunca tenha proibido ninguém de "consumir álcool", seja lá o que isso for.

– Você está sendo bem claro comigo.

– Seu cérebro é diferente. Mais... asseado.

Bem, um ponto para a reinstalação.

– Por que você não falou comigo antes?

"Ouvi" então um zumbido baixo, como se Satanás meditasse numa resposta adequada. Por fim, disse:

– Digamos que a configuração da garrafa magnética, na reserva, impede que eu me vire.

– Vire?

– O senhor, embaixador, esteve tentando conversar com o que poderíamos chamar de minha cauda.

– Sinto muito.

– Eu podia ouvi-lo, mas minha capacidade de responder era limitada.

– Como você sabia sobre Ava?

– Isso o intriga, embaixador?

– Aquilo era informação sobre o futuro. Você pode se mover no tempo?

– Eu tenho uma continuidade no tempo maior que a sua. Meu momento presente dura mais, digamos. Parte do seu futuro é o meu agora. Parte, mas não todo.

– Você me deu a informação para que eu viesse aqui.

– Foi o enigma mais claro que já produzi e exigiu uma boa dose de esforço... Yazd teve pesadelos por quase uma semana. Esforcei-me muito para que vivesse, embaixador, vivesse o suficiente para vir aqui. Para que acreditasse em mim quando nos encontrássemos. Para que pudéssemos conversar e negociar.

– Negociar?

– Embaixador, a cauda com que o senhor andou conversando também pode ser descrita como um útero. Em breve, gerarei uma ninhada. Uma das grandes.

* * *

Anos depois do que foi descrito como a Grande Retirada ou o Cataclismo de Narrazzarai, reencontrei Turmakai num bar em órbita da Lua, a velha Lua da Terra. Ele tinha envelhecido mal e sem se cuidar – ou isso ou cabelo artificial dos enxertos era de péssima qualidade – mas não tive dificuldades em reconhecê-lo. O que era surpreendente, já que não nos víamos há tanto tempo.

Ofereci-lhe uma bebida. Ele propôs um brinde a Ava.

– Pobre cretina. Ela realmente amava Elburz. Fazia tudo que ele pedia.

– Vagabunda ingrata – disse eu.

– Ora vamos... Você não pensa mesmo isso.

Tive de rir:

– É... Não.

Ele me perguntou, em seguida, se eu havia voltado ao local onde Narrazzarai costumava ficar. Respondi-lhe que não.

– Lugar fantástico! – disse o médico, esvaziando a caneca de cerveja em dois goles. – Estive lá ano passado. Fantástico! Os vermezinhos energéticos, os bebês chorões, eles engoliram o planeta, queimaram a atmosfera, devoraram a estrela...

– Colonizaram – corrigi. – Colonizaram a estrela.

– Fantástico!

O significado exato do fim de Narrazzarai ainda era objeto de controvérsia, mas eu me alinho com o partido que viu, ali, o surgimento de uma nova forma de vida.

Os três cones reunidos originalmente na reserva eram gametas, esporos; o 4-simplex era um adulto prestes a produzir dezenas ou centenas de criaturas, que por sua vez...

Sem a radiação abundante da estrela, sem os ventos solares, os novos bebês iriam chorar e espernear de fome. Mais especificamente, iriam esmagar os átomos do ar, da rocha e a própria estrutura do espaço-tempo em busca de sustento. Acabariam morrendo mas, pelo que mamãe-Satanás me disse, levariam um pedaço do Universo junto, deixando uma fenda espacial para trás.

Especialistas do Consórcio concordaram com essa avaliação. O que poderíamos fazer? Não havia como gerar garrafas magnéticas para a ninhada toda. O custo energético seria incalculável. E se tentássemos matar a mamãe antes do parto, *ela* se encarregaria de queimar o planeta. Algo que os nativos originais só não tinham feito, pelo que pudemos supor, porque demoraram a entender o que estava acontecendo com seu mundo, o que a humanidade era e o que tínhamos a ver com o resto.

Estudiosos chegaram a sugerir que os cones/gametas tinham ficado para trás como uma espécie de bomba-relógio. A vingança dos moribundos.

Estávamos, literalmente, contra a parede. Esmagados. Pensando em retrospecto, Satanás Pentajano foi muito gentil em nos avisar.

Enfim, o que podíamos fazer? Desligamos os escudos contra

radiação e fomos embora antes da chuva de prótons começar. Não todos: o pessoal de Kidara quis ficar. Ava e Iraklion quiseram ficar, mesmo com o cataclismo anunciado.

Cataclismo, porque a espécie de Pentajano não poderia se sustentar e progredir sozinha, mesmo com radiação abundante. Ela havia evoluído como parte de uma ecologia que não existia mais. O equilíbrio antigo havia sido irremediavelmente rompido, e um novo teria de ser encontrado.

– Tenho ideias – Satanás me dissera em nossa última conversa sobre o assunto.

E que ideias!

Hoje, Narrazzarai e sua estrela são uma coisa só – uma inteligência coletiva com alguns minutos-luz de diâmetro, uma colmeia ou colônia de corais de energia pura, a milhares de graus de temperatura e em pleno espaço.

– Você acha – Turmakai me havia perguntado, ao começar a segunda caneca –, que ainda há algo de Yazd, Ava ou do encarregado, dos que preferiram ficar, *naquilo*? Além dos átomos ionizados de carbono, digo. Algo das memórias, da personalidade...

– E onde estão as memórias, a personalidade, se não nos átomos de carbono? Ah, sei: nos padrões. Na ordem. Mas lembre-se, Pentajano era capaz de tocar os padrões dentro de nossas mentes. Talvez, então, a Estrela Viva seja capaz de recriá-los, às vezes. Talvez não só quem ficou sobreviva lá, mas todos os que foram tocados pelo nativo. Eu. E você.

– Fantasmas de plasma estelar? Como almas no fogo, certo? Satanás, realmente!

– Do pólo infernal ao inferno, então – sugeri. – Mas, claro, para eles não é o inferno.

– Não – concordou o médico. – Eles estão em casa.

Terror no Planeta dos Canibais

– Gatinho... quieto, gatinho...

A única coisa que a criatura de oito patas, coberta de espinhos negros e com muco azul, corrosivo, escorrendo da boca escancarada tem em comum com um gatinho são os olhos verdes, amendoados, hipnóticos, de pupilas estreitas, verticais. Mesmo assim, são oito olhos, não dois.

– Gatinho... gatinho bonito... lindo gatinho... – Lachhiman repete, num tom de voz manso e amável, enquanto se afasta, lentamente. Enquanto sua mão direita desce, devagar, tentando desesperadamente não chamar atenção, rumo ao coldre que o tenente da Planetária tem preso à coxa direita.

Em nenhum momento Lachhiman tira os olhos do "gatinho". Que, a propósito, é do tamanho de um tigre. Dos grandes.

De repente, um espasmo percorre o corpo do monstro, e Lachhiman sabe, instintivamente, que seu tempo acabou: o tremor só pode significar que o "gatinho" está aquecendo os músculos para...

Saltar!

O peso da criatura atinge Lachhiman em cheio, prendendo-lhe o braço de encontro ao corpo. A ponta dos dedos do tenente toca a coronha da arma: o cérebro do agente registra a textura tantalizante de plástico e metal, mas a massa da criatura impede que ele libere a pistola, execute o disparo.

Com o braço esquerdo livre, tudo o que Lachhiman pode fazer é golpear o pesadelo vivo, que já derrama muco corrosivo sobe seu peito. Os socos desesperados fazem com que os espinhos do couro da criatura penetrem o punho do humano, produzindo um fino jato de sangue.

De repente, o monstro grita – se é que o estranho som, algo entre um bocejo alto e uma nota de barítono, é realmente um grito – salta para trás, libertando o corpo de Lachhiman, e se afasta, correndo. Correndo na maior velocidade que suas oito patas são capazes de fornecer!

Aturdido, Lachhiman olha ao redor: a vegetação rasteira, onde caíram gotas do muco azul da criatura, fumega, como se exposta a algum tipo terrível de ácido.

Mas a mancha dessa mesma substância, sobre o peito de sua túnica, apenas escorre sem causar dano e, quando o tenente finalmente cria coragem para tocá-la com os dedos, o que sente é uma consistência pegajosa, de certa forma repugnante – mas nenhuma dor.

– Lachhiman! Tenente Lachhiman!

A voz de Zamparo, o oficial de Inteligência que acompanha a missão da Planetária, vem de algum ponto além das árvores. O tenente responde gritando, "Aqui!", e os demais membros da expedição – além de Zamparo, quatro outros homens: Hwang, Ahmad, Talgarno e Andras – logo chegam a uma clareira onde encontram Lachhiman, agachado diante do cadáver do "gatinho", que havia corrido uma mera centena de metros antes de cair, com as patas voltadas para cima, e morrer.

– Olhe para isso – diz Lachhiman, apontando para a cabeça da criatura. – O que aconteceu com esses olhos?

Hwang, o sargento, é quem responde:

– Parece que foram furados por espinhos!

– E eu aposto que sei da onde os "espinhos" vieram – diz Zamparo, retirando um frasco de cicatrizante de seu cinturão de primeiros-socorros e aplicando spray à mão esquerda de Lachhiman. – Foi uma luta e tanto, não, tenente?

Lachhiman encara, incrédulo, o homem da Inteligência:

– Você quer dizer que o meu sangue furou os olhos da fera?

Zamparo dá de ombros:

– Já expliquei que a biologia deste planeta é incompatível com a da Terra. Fiz uma varredura com o bionalisador assim que pousamos, lembra? Podemos pensar que reconhecemos as coisas daqui... há plantas que parecem árvores, ou grama, e alguns animais voadores lembram pássaros... Mas é apenas um caso de evolução convergente, a partir de materiais diversos: tudo é feito com receitas diferentes, moléculas diferentes. Os venenos daqui não evoluíram para matar criaturas como nós. As doenças daqui não evoluíram para contaminar criaturas como nós. O outro lado disso é que coisas que parecem inócuas podem, no fim, não ser. Como sangue humano. Que, pelo jeito, é uma arma poderosa por estas bandas.

– O monstro derramou um ácido em mim – Lachhiman mostra a ponta dos dedos da mão direita, tingidos de azul pelo muco. – Não me aconteceu nada.

– Sua sorte é que isso provavelmente é um tipo de suco gástrico orgânico, que evoluiu para digerir as moléculas orgânicas deste planeta. Como as suas moléculas não são deste planeta, ele não funcionou. Se fosse um ácido puro, como ácido clorídrico ou sulfúrico, você estaria em péssimos lençóis.

– Eu e minha túnica – diz Lachhiman, levantando-se e olhando para o peito da camisa, também manchado de azul. – Pelo jeito, ser da Terra, por aqui, é ter todos os ases do baralho na mão!

– Nem tanto, tenente – responde Zamparo. – Nem tanto. Aliás, foi exatamente por isso que viemos chamá-lo. Encontramos o último acampamento.

* * *

O último acampamento!

Há dias que a equipe da Planetária, comandada por Lachhiman e acompanhada por Zamparo, vinha seguindo os rastros dos sobreviventes de um naufrágio espacial, ocorrido neste planeta – ainda sem nome – meses atrás. A nave naufragada, a *Prometeu*, havia caído no oceano e afundado, mas parte da tripulação tinha conseguido nadar até a costa. A missão de Lachhiman é encontrar e resgatar esses tripulantes.

A de Zamparo, encontrar e resgatar algo que, nas ordens recebidas por Lachhiman, era chamado apenas de Item Ômega. Descrição: "registro vital de dados médicos".

Lachhiman não gosta disso.

Como quase todos os agentes da Planetária, o tenente passa boa parte do seu tempo em voo relativístico: eras inteiras da história dos mundos centrais da humanidade às vezes transcorrem entre suas missões, e ele, assim como seus homens, simplesmente não tem tempo de acompanhar a política.

A própria Planetária é uma entidade desvinculada do Estado – de todos os Estados – e uma das poucas organizações reconhecidas como extra-históricas, cujos integrantes têm o status especial de viver, literalmente, exilados do fluxo principal da história da humanidade.

O que, do ponto de vista de Lachhiman, é ótimo. Da última vez em que tivera contato com a civilização, o tenente havia encontrado um ambiente cultural que lhe parecera irritante, perverso. Zamparo, pelo que Lachhiman sabia, era um produto desse ambiente. O próprio fato de um homem da Inteligência acompanhar a equipe Planetária representa, até onde o tenente sabe, uma interferência sem precedentes.

Lachhiman repete para si mesmo, pela milésima vez, que a prioridade da missão, de qualquer missão, é encontrar e resgatar sobreviventes ou, falhando isso, documentar a descoberta de restos mortais e objetos pessoais. Enquanto a busca pelo Item Ômega fosse coerente com esse fim, ele não questionaria a parte da Inteligência. Se as coisas mudassem...

Logo após desembarcar no planeta, a equipe da Planetária, juntamente com Zamparo, havia mergulhado até a nave submersa, mas não havia sinal de vida a bordo. Nem de Ômega.

– Frutas, animais, folhas e sementes por toda parte, mas nada, nada para comer – diz Zamparo, apontando para os vestígios do acampamento final. Para os ossos humanos, contendo marcas que, Lachhiman sabia, logo seriam identificadas como de dentes, também humanos.

– Estes são os ossos de uma mulher – diz o sargento Hwang, manipulando alguns dos restos mortais, analisando-os com o olhar experiente. – Aqui, o cavalheirismo morreu.

Depois de vasculhar a *Prometeu*, o grupo de resgate passara a rastrear os acampamentos feitos pelos sobreviventes. A princípio tinha sido difícil entender o que teria levado os tripulantes a adotar um estilo de vida nômade, em vez de seguir o procedimento padrão de montar um acampamento fixo, sinalizá-lo o melhor possível e aguardar socorro.

Os primeiros sinais de canibalismo haviam fornecido a resposta:

– Inicialmente, era a esperança de encontrar algo que fosse comestível – explicara Zamparo. – Depois, a vergonha do que tinham feito. Eles precisavam deixar a memória do crime para trás. Enterrar os restos não basta: nada humano apodrece ou se decompõe por aqui, exceto pelas bactérias e enzimas que já estavam no corpo, ou pela ação da água, do vento. Neste mundo, somos lixo não biodegradável.

E assim, a cada novo crime, uma nova contaminação – e uma nova mudança.

A história estava clara nos vestígios: primeiro, tinham sido os homens velhos. Depois, os homens jovens mais fracos. Comparando a identidade dos corpos encontrados ainda a bordo da *Prometeu* com a lista total de tripulantes, a equipe da Planetária sabia que apenas um dos sobreviventes do naufrágio era mulher.

A mulher cujos ossos Hwang examina agora, com atenção.

– Quem falta? – pergunta Lachhiman, toda emoção ausente de sua voz.

Com um comando para seu assistente mental, Zamparo reorganiza os impulsos elétricos no córtex visual do cérebro, com o efeito de fazer surgir, sobreposta a seu campo normal de visão, a lista de nomes. O oficial de Inteligência percorre a relação em silêncio.

– Xavier, chefe de segurança – diz o homem da Inteligência. – E o Item Ômega. Claro.

* * *

Mortos! Praticamente, todos mortos! E, ao que tudo indica, devorados, uns pelos outros. O pensamento envia ondas alternadas de frio e calor pelo corpo de Lachhiman. Quase sem perceber, o tenente cerra as mãos em dois punhos compactos, até os nós dos dedos estalarem, até que as unhas quase tirassem sangue das palmas.

Respirando fundo, Lachhiman recupera o autocontrole – ou, ao menos, a aparência de autocontrole. Ele está há séculos (subjetivamente, um pouco menos de dez anos) na Planetária, e sua carreira já contemplava diversos fracassos. Como poderia ser diferente? Com a barreira da velocidade da luz e as distorções do voo relativístico, muitas vezes passavam-se anos até que um pedido de socorro fosse ouvido, décadas antes que a falta de uma nave, uma tripulação, uma carga fosse notada.

Mas o caso da *Prometeu* tinha sido diferente e, de várias maneiras, muito mais promissor: o desaparecimento da nave fora notado após poucas semanas, em termos do tempo subjetivo dos náufragos, e o resgate chegara ao planeta correto em meses, não anos. O caso mais auspicioso de uma década de carreira, reduzido a...

– Tenente! Senhor Zamparo! Aqui!

Quem chama é Ahmad, um dos três batedores da equipe de resgate. A tarefa dos batedores é seguir um pouco adiante e ao redor do núcleo de comando da missão, procurando rastros e pistas.

Pelo tom de voz, Ahmad havia encontrado algo importante.

A primeira coisa – a coisa mais chocante – que Lachhiman vê, ao chegar, é a expressão de Zamparo, parado ao lado do batedor. Toda a cor abandonara a face do oficial de Inteligência. Até mesmo os lábios estavam lívidos. As narinas, dilatadas, não como as de um predador sentindo a presença da presa, pensa Lachhiman, mas o contrário: como as da presa que fareja a morte por perto.

Ahmad, por sua vez, parece mais intrigado que chocado.

Devagar, o tenente permite que seu olhar siga a mesma direção apontada pelo de Zamparo. O que vê o surpreende.

Lachhiman primeiro imagina que o objeto que flutua, meio inclinado, a poucos centímetros do solo é um sarcófago aberto, como os dos museus – mas em seguida percebe que se trata de algo mais moderno: um modelo exótico de câmara de animação suspensa portátil, do tipo usado para transportar animais vivos em viagens interestelares, e que elimina a necessidade de limpá-los e alimentá-los durante o percurso.

É uma câmara razoavelmente grande: nela caberia um bicho do tamanho do "gatinho" que Lachhiman tinha encontrado mais cedo.

Embora o tenente não precise de mais que uma fração de segundo para identificar o objeto pelo que realmente é, a impressão de que se trata de um sarcófago antigo permanece, forte, como um eco na consciência: há um excesso de equipamento, monitores, travas e fechos de segurança, ao longo da borda e sobre a tampa aberta. Muito mais do que seria de se esperar num equipamento veterinário comum.

Foi esse material extra que Lachhiman havia confundido, inicialmente, com os adornos e relevos barrocos de um sarcófago da cultura XXXII de Mu Arae.

Toda a câmara tem a cor cinza-esverdeada, que Lachhiman, vindo da carreira militar, acostumou-se a associar às couraças de blindagem pessoal de seu período de treinamento, quinze anos – quantos séculos? – atrás.

Uma jaula blindada?

Blindada, mas aberta. E vazia.

Boa parte dos mecanismos de segurança parece ter sido violada à força; há pedaços de plástico, metal e fragmentos de blindagem pelo chão, e um pó brilhante ondula no ar ao redor, grudando nas botas dos homens parados. Restos, Lachhiman conclui, do ímã de um trinco eletromagnético. Violado pelo lado de fora. Esmagado a pedradas? Ou tiros?

Desviando instintivamente o olhar, em busca de algum sinal da ferramenta ou arma usada para causar o estrago, Lachhiman vê uma pedra caída no chão e, ao seu redor, uma mancha de capim morto, ressecado; o húmus do solo ao redor, convertido numa substância diferente. Pastosa, amarelada.

– Zamparo – diz o tenente, apontado para o local da degradação. – Ali...

Nos instantes desde a chegada de Lachhiman, o oficial de Inteligência havia reconquistado alguma compostura – sua expressão não era mais a de um coelho acuado. Agora, seu rosto, ainda lívido, é quase o de uma estátua. Ao estender o bionalisador para obter uma leitura da mancha, sua mão treme.

– Mais algum vestígio parecido com isso na área? – pergunta o oficial de Inteligência, voltando-se para Ahmad e apontando para a lama amarela.

– Não, senhor – responde o batedor. – Mas também não estava procurando especificamente por nada assim, senhor.

– Chame seus colegas. Busca. Padrão espiral. A partir deste ponto – enquanto recita as ordens, Zamparo não deixa de apontar para a mancha amarela no solo. – Entendido?

Ahmad lança um olhar na direção de Lachhiman, que assente, com um movimento da cabeça.

– Sim, senhor! – responde o batedor, encarando Zamparo.

No final, a busca cobre um raio de algumas dezenas de metros e revela um rastro tênue, que aponta na mesma direção geral que a equipe já vinha seguindo.

Enquanto os batedores executavam a varredura, o oficial de Inteligência se debruçava sobre o sarcófago, fechando-o o melhor possível, tocando em glifos sobre a tampa, ouvindo notas graves e trinados estridentes, observando luzes que mudam de cor, numa operação que pareceu, a Lachhiman, um estranho diálogo entre homem e máquina.

O tempo todo, Zamparo mantém uma ruga de concentração na testa, e uma curva amarga na boca. O homem da Inteligência não desvia os olhos da tarefa nem mesmo ao ouvir o relatório dos batedores.

– Não está em condições ideais – diz, falando como que para si mesmo. – Mas terá de servir. – Em seguida, voltando-se para o tenente, ordena: – Vamos. Não podemos perder mais tempo aqui. E faça com que seus homens tragam esta câmara junto.

– A câmara? – a exigência surpreende Lachhiman. – Mas nós temos sacos de estase, se for preciso acomodar feridos até o retorno à órbita, ou...

– Se este resgate já não for um fracasso total, tenente, vamos precisar de mais do que sacos. Acredite.

* * *

A marcha é forçada e o caminho, árduo. Avariada, a câmara não flutua bem. Com isso, os batedores se convertem em carregadores, e Lachhiman e Hwang são forçados a assumir a ponta. Zamparo acompanha-os.

O terreno logo muda, com a mata dando lugar a uma paisagem rochosa, quebrada e ascendente, o que torna a tarefa de carregar a câmara ainda mais exaustiva.

O rastro que os homens da Planetária seguem, feito primeiro do capim seco e, depois, de pegadas velhas e quase apagadas, galhos quebrados, folhas dobradas, desaparece. Mas agora, a equipe de resgate encontra sinais deliberados: rochas empilhadas intencionalmente, setas riscadas com farelo de quartzo no granito.

Finalmente, pensa Lachhiman, esse Xavier criou senso e resolveu se comportar como uma vítima que quer ser salva, em vez de como um criminoso que faz de tudo para se esconder.

A mudança teria animado o tenente, se não fosse a pressa demoníaca, quase histérica, que se apossou do oficial de Inteligência. A dificuldade dos homens com a câmara não parece preocupá-lo – na verdade, deixa-o impaciente.

Se o cretino tivesse um chicote, pensa o tenente, certamente não hesitaria em usá-lo.

Quatro horas depois da descoberta do sarcófago, Lachhiman ordena uma parada para montar acampamento. Zamparo protesta, mas o tenente é inflexível:

– Logo vai anoitecer – diz ele. – Mesmo com visão noturna, é loucura carregar a caixa pesada no escuro, num terreno destes. Além disso, se Xavier realmente estiver vivo, e por perto, nossa fogueira irá atraí-lo para cá. É melhor...

– Xavier é um assassino e um canibal – responde Zamparo, quase aos gritos. – Talvez não fosse antes, mas agora é. Um assassino, um canibal, provavelmente um louco. Faminto. *Faminto o bastante para quebrar o invólucro do Item Ômega!*

– Invólucro? – até então, Lachhiman havia pensado no Item Ômega como um objeto pequeno, uma esfera de dados, um disco, o suporte físico de um documento. – Você está falando da câmara de animação suspensa? – insiste o tenente. – O Item Ômega é um ser vivo?

Zamparo permanece em silêncio, encarando o homem da Planetária com um olhar neutro.

Por quê, pergunta-se Lachhiman, se havia com eles um animal, e um animal grande, que não era nativo deste planeta, os sobreviventes da *Prometeu* tinham apelado para o canibalismo antes de sacrificar o bicho? Mal a questão lhe ocorre, o tenente se lembra de que a mulher havia sido morta por último: mesmo em meio ao horror, os sobreviventes tinham mantido algum tipo de decência, uma certa...

A conclusão que surge na mente do oficial da Planetária leva-o a agarrar Zamparo com força, pela gola da camisa, e gritar: – Esse Item Ômega é uma *criança? Presa numa jaula?*

O soco do oficial de Inteligência quase pega Lachhiman

desprevenido, mas os reflexos do tenente não falham: ele apara o golpe no antebraço esquerdo, e responde com um direto de direita que atinge Zamparo no rosto, jogando-o ao chão.

– Vamos lá, Zamparo – diz Lachhiman. – Fale!

– Sargento! – grita o oficial de Inteligência. – O tenente está amotinado! Prenda-o!

Hwang não se move. Os homens se mantêm silenciosos como as pedras ao redor.

– A Planetária não é do governo – diz Lachhiman. Sua voz quebra o silêncio como o som de um iceberg se partindo. – O único motim que poderá ocorrer aqui seria contra as diretrizes da organização. Ou contra mim. Estamos entendidos? Agora, fale!

* * *

– Não, não é uma criança – responde Zamparo, a voz amargurada, enquanto esfrega o canto da boca com a palma da mão, numa tentativa de limpar o sangue que escorre. – É um registro de dados médicos.

– Não brinque comigo – ameaça o tenente.

Zamparo continua sentado, quieto, no chão rochoso. Uma de suas mãos se move, lentamente, em direção ao coldre, um movimento que nenhum dos outros homens dá sinal de notar.

– Esta coisa estava ajustada para uma carga humana – diz Hwang, estudando os controles da câmara de animação suspensa. – Um adulto, ao que parece. Alguns parâmetros estão meio fora, mas...

A arma surge na mão de Lachhiman uma fração de segundo antes que Zamparo termine de sacar.

– Nem pense nisso – ordena o tenente, mirando, de forma bem deliberada, para o homem da Inteligência. – Ahmad, desarme-o. Pegue o bionalisador, também.

O batedor cumpre as ordens. Fica com a arma de Zamparo para si, mas entrega o bionalisador a Hwang.

– É um pouco diferente do que temos – diz Hwang, estudando o dispositivo. – O que seria de se esperar, já que a tecnologia não para, enquanto a gente passa os séculos voando por aí. Mas a interface não é complicada. Acho que...

– Estamos perdendo tempo! – grita Zamparo. – Se Xavier fizer alguma coisa com Ômega, teremos perdido...

Hwang eleva a voz, interrompendo-o:

– A última leitura parece ter sido de sangue humano.

Lachhiman reage com surpresa:

– Sangue humano? A última coisa que ele leu foi a poça amarela perto de onde achamos a câmara. A coisa tinha ressecado a grama...

– O seu sangue furou os olhos do monstro, lembra? – diz Hwang. – Este aqui pode ter sido um tipo sanguíneo diferente. Na verdade, eu disse que *parece* sangue humano. Há algumas anomalias que...

– Ômega é humano, e não é – diz Zamparo, decidindo, por fim, que economizar tempo é mais importante que manter o segredo. – É, até onde sabemos, o primeiro imortal produzido pela nossa espécie.

* * *

– Um imortal? – pergunta o tenente, quebrando o silêncio que já durava quase meio minuto.

Zamparo faz que sim com a cabeça:

– Quando o capturamos, ele já estava vivo há quatrocentos anos. Subjetivos. Pensando bem, era inevitável: com trilhões de seres humanos na galáxia, cedo ou tarde alguém acabaria desenvolvendo a mutação crucial...

– Por quê, "quando o capturamos?" O que ele fez?

Zamparo olha para Lachhiman como se o tenente fosse um idiota, alguém perguntando por que todo múltiplo de dois é um número par. Devagar, pausadamente, responde:

– Ele é um *imortal* – o homem da Inteligência pronuncia a palavra uma sílaba de cada vez. – Claro, até onde sabemos, ele pode ser morto se seu corpo for esmagado, carbonizado ou decapitado, ou esquartejado... Mas Ômega é imune ao envelhecimento, além de ser capaz de se recuperar de todas as doenças conhecidas, sem falar em hemorragias e boa parte dos ferimentos que matariam pessoas comuns. A chave para tudo isso: juventude eterna, poder de cura, cicatrização perfeita... Está em seus genes.

– Vocês capturaram um homem apenas porque ele tinha a saúde boa demais, trancaram-no numa câmara de animação suspensa e estavam levando o sujeito para ser dissecado – a frase de Lachhiman não é uma pergunta. É uma afirmação.

– Não necessariamente dissecá-lo. Estudá-lo – diz Zamparo. – Quando a *Prometeu* caiu, ele estava sendo transferido de um centro de pesquisas na periferia para um laboratório mais moderno, mais próximo dos mundos centrais, onde...

– Ele ou seria morto, para passar por uma autópsia detalhada, ou se tornaria um prisioneiro por toda a eternidade, é isso? Um rato de laboratório imortal?

– A vida e a liberdade de um único homem pela vida, saúde e felicidade de trilhões de homens, mulheres e crianças. Não é um preço tão alto.

– Andaram testando armas biológicas nesse tal de Ômega, também – diz Hwang, entrando na conversa. – Há registros de uns anticorpos bem cabeludos no sangue dele, de acordo com os dados do bionalisador.

Zamparo dá de ombros:

– Até onde sabemos, ele é imune a tudo. Mas é preciso ter certeza do que "tudo" significa.

– Vamos lá – diz Lachhiman, depois de uma pequena pausa para digerir as informações. – Isso é muito interessante, mas temos dois sobreviventes para encontrar.

– Ótimo! – diz Zamparo, pondo-se em pé. – Que bom que...

– Você, *não*. – Ao mesmo tempo em que solta as palavras, num rosnado, o tenente aponta a arma para a perna esquerda de Zamparo e puxa o gatilho. O joelho parece encolher e depois explode, como uma estrela morta. A parte da perna abaixo da coxa cai para um lado e o homem da Inteligência, desequilibrado e gritando, para o outro.

– Ahmad, faça um torniquete no nosso amigo. Meta-o num saco de estase, se necessário. Talgarno – diz o tenente, voltando-se para um dos outros dois batedores –, você fica também. Ajude a montar o acampamento. Andras e Hwang, nada de moleza. Vocês dois vêm comigo.

* * *

Cada um dos homens da Planetária se põe imediatamente a cumprir as ordens do tenente. Nenhum deles questiona a brutalidade com que Lachhiman tratara Zamparo – usando a arma sem aviso, disparando uma carga potencialmente letal um instante depois de dar a entender que o conflito estava terminado.

Todos sabem que essa é a única forma de um extra-histórico sobreviver ao confronto com um cidadão dos mundos centrais, dotado de armas e tecnologia séculos à frente de tudo que a Planetária possui. Até onde a equipe de resgate sabe, Zamparo pode ter um desintegrador implantado no nariz; talvez a perna perdida vá crescer de novo em meia hora, com garras na ponta.

Pensando nisso, Ahmad e Talgarno optam por colocá-lo rapidamente em animação suspensa.

Lachhiman lidera os demais noite adentro, seguindo o rastro deliberado deixado por Xavier, bem como indicações do bionalisador, tal como interpretadas por Hwang. Todos têm visão noturna – uma modificação cirúrgica dos olhos que permite aproveitar ao máximo a luz disponível. O planeta não tem luas, mas há estrelas no céu. Mesmo assim, os agentes de resgate usam lanternas.

Eles logo chegam a um paredão rochoso, marcado por sombras profundas que surgiam a intervalos mais ou menos regulares, ao longo da base: cavernas. Lachhiman gasta alguns instantes refletindo sobre a situação. A memória de seu encontro como "gatinho" ainda está fresca.

– Não dá para saber que tipo de bicho mora nesses buracos – diz. – E não sei se teremos tempo de explicar para os animais que não somos comestíveis. Vamos contornar a encosta, procurar algum sinal óbvio de ocupação humana: uma fogueira ou algo assim. Se não acharmos nada, teremos de vasculhar as cavernas uma de cada vez. Não vai ser bonito.

A equipe da Planetária já havia percorrido cerca de um quarto do perímetro do paredão quando Andras viu, de relance, uma penumbra no céu, uma silhueta que, por um instante, apagou parte do pano de fundo de estrelas.

No momento seguinte, um peso chocava-se com seu peito, jogando-o de encontro ao solo.

O barulho da queda e o grito de surpresa do batedor fazem o tenente e o sargento se voltarem. Hwang está pronto para atirar na mancha escura que se agacha sobre o colega prostrado, mas um gesto brusco de Lachhiman o detém.

– Mas que droga...! – antes mesmo de terminar o impropério, Andras já jogou o suposto agressor para longe, e está novamente em pé. Os três agentes da Planetária apontam suas lanternas, simultaneamente, para o visitante: é um homem, que já foi alto e forte, mas agora está curvado e magro, uma magreza de músculos alongados, pele flácida, veias que sobem pelos braços nus como ramos de hera.

Os olhos estão saltados e os lábios, repuxados, mostram os dentes – impossível dizer se num sorriso ou num esgar. Ele fica parado ali, como uma rã paralisada pela luz.

– Planetária! – grita Lachhiman, identificando-se. – Equipe de resgate para a nave *Prometeu*.

– Resgate? Resgate? – aos poucos, os traços do rosto do estranho se suavizam. – *Prometeu*... Sim, eu estava na *Prometeu*...

Poucos segundos depois, o homem não está mais curvado e sim ereto, com uma expressão serenamente profissional no rosto – exceto pelos olhos, da onde o brilho maníaco não desaparece de todo – e fala, com precisão profissional:

– Madvig Xavier, chefe de segurança. Último sobrevivente – e, com uma mesura: – Obrigado por virem atrás de mim, senhores.

– Último sobrevivente? – pergunta o tenente. – Quer dizer que Ômega...?

– Oh, não. A carga está em segurança, senhor. Depois que os flutuadores da câmara pararam de funcionar, tive de tirá-la de lá para poder continuar cuidando dela, mas cuidei dela, sem dúvida, senhor. Não está exatamente intacta, mas quem estaria? Certamente encontra-se em boas condições.

Xavier conduz a equipe de resgate até a caverna que ocupava – não no nível do solo, mas mais acima na encosta, acessível por meio de rampas naturais e um patamar estreito. O mesmo patamar de onde o chefe de segurança havia saltado sobre Andras.

Não há fogo no interior da caverna, mas brasas vermelhas, mantidas numa depressão natural do piso rochoso. Uma vez lá dentro, os homens da Planetária desligam suas lanternas. A luz das brasas é suficiente para seus olhos especialmente adaptados.

– Eu tinha ordens para cuidar de Ômega – diz Xavier, no tom de quem recita um discurso longamente ensaiado; um discurso recitado para si mesmo inúmeras vezes. – Mas, para cuidar dele, eu precisava estar vivo. Para ficar vivo, eu precisava cuidar de mim. Para cuidar de mim...

Por baixo da voz de Xavier há outro som, um gemido contínuo, um balbuciar sem sentido. Aproximando-se da fonte, Lachhiman vê: grandes olhos castanhos, pele escura, cabelo fino, branco, desfiado, liso como fios de algodão.

Cabeça, tronco. E nada mais.

– Para ficar vivo, eu precisava cuidar de mim. Para cuidar de mim... – repetia a voz de Xavier.

* * *

– Está louco – diz Hwang, já a bordo da *Calíope*, a nave que havia levado a equipe de Planetária para o estranho planeta sem nome e agora os transportava de volta para os mundos colonizados da humanidade. – Irremediavelmente.

– Os dois? – pergunta Lachhiman.

Tenente e sargento estão na pequena área de recreação que existe no espaço entre os alojamentos dos oficiais. Cada um deles segura uma caneca de chá fumegante.

– Não, Xavier tem cura – responde o sargento. – Mesmo a medicina vagabunda da periferia pode dar um jeito nele. Mas o outro... Ômega...

– Ele tem de ter um nome de verdade – queixa-se o tenente. – "Ômega", o que é isso?

Hwang dá de ombros:

– Bom, Ômega é o único nome que conhecemos.

– O que há de irremediável no problema dele? Entre um bom psiquiatra e um bom protético, o que...

Hwang balança a cabeça:

– Só se fizerem próteses pra o cérebro hoje em dia. Ele pegou uma doença brava naquele planetinha infernal.

– Doença? Achei que seres humanos fossem imunes a toda a vida de lá.

– À "vida", sim. Ele pegou um cristal.

Lachhiman limita-se a erguer as sobrancelhas, convidando o sargento a prosseguir.

– Você já ouviu falar em príons, proteínas deformadas que, em contato com proteínas normais, forçam-nas a se deformarem, também? Um desses basta para transformar o cérebro humano numa esponja. Bom, isso funciona por causa da distribuição das cargas elétricas no príon: um pedaço dele atrai aquela ponta da proteína, outro pedaço repele esse trecho aqui... Assim por diante, até a proteína ter se transformado num novo príon, e repetir o processo com outra mais adiante.

"O ponto é: são as cargas elétricas que fazem isso. E você não precisa ser um agente infeccioso complexo para ter cargas elétricas. Não precisa nem estar vivo, como os príons mostram. Não precisa, na verdade, nem ser uma molécula orgânica.

"Quando Xavier deu com a pedra na cabeça de Ômega, para dominá-lo depois que a câmara de estase foi arrombada, um cristal, um fragmento submicroscópico do cristal de que a rocha era feita, se soltou da arma improvisada e entrou na corrente sanguínea. E quando esse cristal chegou ao cérebro..."

– Você quer dizer que o garoto – recusando-se a chamar o imortal de Ômega, Lachhiman refere-se a ele assim, como "garoto" – pegou um príon... um príon mineral? Isso é possível? Já aconteceu antes?

– Antes? Que eu saiba, não. Mas o que sei? Sou apenas um biólogo e paramédico, atrasado em uns trezentos anos com a literatura.

– E o cérebro dele virou o quê? Uma esponja?

Rugas surgem ao redor dos olhos de Hwang, sinal do esforço em busca de uma metáfora ou, talvez, do desconforto de relembrar as imagens grotescas geradas pelo monitor médico da nave.

No fim, ele apenas estala a língua e sorri, sem muita convicção, como quem pede desculpas.

Lachhiman volta ao ataque:

– E além disso, o garoto não é imortal, indestrutível, fonte da saúde eterna etc.? Como ele pode ter uma doença incurável?

– Ah, ele é imortal, sim. E não duvido que um estudo detalhado de seus genes, fisiologia, proteoma e sistema imunológico realmente possa gerar soluções para a maioria dos problemas de saúde da raça humana. Mas...

– Mas...?

– Bom, há duas respostas para isso. Primeira: a indestrutibilidade dele é biológica. O príon mineral atua num nível abaixo do biológico. É um ataque estritamente físico, apenas marginalmente químico. Como Zamparo disse: "Ele pode ser morto se seu corpo for esmagado, carbonizado ou decapitado, ou esquartejado". Essas são todas agressões físicas. Segundo: vamos supor que ele seja, por definição, imortal. Mesmo assim, o príon não ameaça sua vida; não põe em risco funções vitais, apenas a consciência. Ele pode viver com a loucura...

– Doido para sempre?

– Por toda a eternidade. O que talvez seja bom: depois que a carne da mulher acabou, quando Xavier começou a tirar pedaços de Ômega, a única coisa que havia para comer, para os dois partilharem... Bom, você gostaria de estar são ao se lembrar de que chupou a carne dos dedos de seus próprios pés?

O tenente não responde. Incomodado pelo silêncio que se segue, Hwang resolve mudar de assunto:

– O que você vai fazer com eles? Zamparo, Xavier, Ômega?

É a vez de Lachhiman sorrir sem muita convicção:

– O que há para fazer? Vou desembarcar Zamparo no primeiro posto colonial avançado por onde a gente passar, sob o pretexto de emergência médica, o que é verdade, com a perna dele daquele jeito e tudo – o sorriso do tenente ganha um pouco mais de firmeza quando ele fala na perna do oficial de Inteligência. – Com sorte, ele deve conseguir voltar para os mundos centrais dentro de uns setenta ou oitenta anos, em tempo histórico objetivo. Até lá, qualquer memória desta missão, ou qualquer queixa que ele tenha contra nós, já vai ter desaparecido na burocracia.

– É o que você espera.

– Vamos lá! Uma missão secreta de busca da imortalidade? – o tenente toma seu último gole de chá e bate com a caneca no tampo da mesa. – Aposto que todos os documentos já se autodestruíram, e os responsáveis morreram ou foram mortos em alguma guerrinha suja da comunidade de inteligência. Ou morrerão, nos próximos oitenta anos.

– É o que você espera.

– É – concede o tenente. – O que eu espero.

– E os outros?

– Bom, Xavier é um cliente regular: a nave dele caiu, nós o resgatamos. É só seguir o regulamento com esse aí.

– Ômega?

Lachhiman não responde; limita-se a olhar para o fundo da caneca de chá.

– Você sabe – diz Hwang – que, de certa forma, Zamparo estava certo: uma vida por trilhões.

– Falando assim – o tenente pronuncia a palavras pausadamente, com muita precisão –, até parece certo o que eles fizeram, não? Ainda mais agora, pensando a que o garoto foi reduzido: irremediavelmente louco, como você diz... Sem uma mente sã para desfrutar da vida, da liberdade... O que estaremos tirando dele, afinal, se o dissecarmos?

– E o que estaremos dando ao mundo?

– É.

– E então?

– Então, nada: ele também é um cliente. Incapaz, mas um cliente. O que o regulamento diz sobre clientes incapazes e sem família?

– O Asilo?

– O Asilo.

– Você vai deixar a maior fonte potencial de conhecimento médico de todos os tempos trancada numa casa de repouso obscura, num planetoide esquecido em órbita relativística ao redor de um buraco negro, até...

– Escute aqui, sargento: se trilhões de seres humanos realmente merecem o tipo de sacrifício por que esse garoto passou, então eles devem ser espertos o suficiente para descobrir os segredos da saúde eterna por conta própria.

– Isso não faz o menor sentido.

– Talvez não. Mas os médicos do Asilo são muito bons. Não só para tratar de doenças, mas para descobrir coisas, também. E a Planetária não tem pressa, como os governos que estão dentro do tempo histórico: nós temos, bem literalmente, todo o tempo do mundo.

Visitante

VOCÊ SE MATERIALIZA, nua, no centro de um círculo de grama calcinada, no vértice de um tornado de gás escaldante. Sua pele muda de cor e consistência, adapta-se para lidar com a agressão que é a tempestade de calor: primeiro fica muito branca e pastosa, depois prateada, metálica, em seguida escurece e vira pele de novo.

Você olha ao redor, mas não me vê. Estou bem escondida e o terreno não lhe é familiar. Nada aqui lhe é familiar.

O calor extremo não é um efeito comum do teletransporte, e você nunca viu grama na vida. Nunca? Talvez tenha visto – em filmes.

E o céu azul! O céu não é azul desde que a Terra foi desmantelada para dar origem à Esfera, ainda no tempo das lendas.

Seus dedos médio e indicador tocam as cinzas a seus pés e em seguida a vulva, as narinas, bem de leve, e a ponta da língua. São apenas cinzas – um pouco de fósforo e de magnésio, bastante potássio e monóxido de cálcio. Sódio. Talvez haja cádmio. Cinzas comuns. Cinzas amargas e quase sem cheiro.

Isso não parece surpreendê-la, esse fato tão inesperado, ver-se cercada de algo que não é nem uma arma, nem um inimigo, nem comida.

Você ergue a cabeça, o nariz, respira fundo. Os lábios em seu sexo se contraem. Farejou alguma coisa? Desde que não tenha sido eu... Ah, sim. A água, provavelmente. Há água abundante por perto. Então você se levanta, e caminha em direção à floresta.

* * *

As árvores cobrem toda a encosta, galhos entrelaçados, folhas entremeadas e trepadeiras emaranhadas criando uma espécie de superestrutura, uma topografia contínua, um patamar vivo dezenas de metros acima do solo. A vida é abundante, principalmente os insetos. Os besouros! Há mais besouros aqui do que células em seu corpo. As colônias de cupim são tão grandes e coesas que, quando se movem, parecem nem sair do lugar. Como um oceano.

Você já viu um oceano?

As teias das aranhas são véus e cortinas demarcando estranhos limites ecológicos. Paredes tênues, decoradas com cadáveres quitinosos, penas de pássaro e asas de borboleta, que separam a floresta em nichos e domínios que você nota, mas não tenta compreender.

Depois da terceira picada, sua pele, ainda escura, passa a exsudar um óleo repelente. Ele surge, abundante, aromático, principalmente dos mamilos e das axilas. Devagar, com uma certa relutância, a multidão artrópode da floresta decide deixá-la em paz.

Por algum tempo imaginei se o cheiro das flores, das frutas, das folhas e das criaturas mortas iria distraí-la, mas não: você se move, com firmeza de propósito, na direção da água. Seu clitóris ereto é como uma bússola, apontando o caminho.

Você chega às últimas árvores, enraizadas no leito já submerso e, então, é hora de descer. Sem pensar duas vezes, você mergulha.

A água aqui perto da margem não é perfeitamente azul, transparente, mas meio baça, esverdeada. Este é o Grande Lago Norte, onde desembocam o Ganges, o Amazonas, o Danúbio, o Tigre, o Eufrates e o Mississippi. No grande Lago Sul chegam o Yang-Tse, o Amarelo, o São Francisco, o Congo e os dois Nilos.

Pensando bem, não sei por que botaram o São Francisco e o Amazonas em lagos diferentes.

Claro, nada disso interessa a você. Sua pele absorve água e substâncias dissolvidas na água. Assim você cura feridas e se alimenta. O lago é tão rico em vida quanto era a floresta – insetos, moluscos, pequenos peixes, além de diversas criaturas que não são mais que protoplasma, animado por flagelos e voracidade. A água é doce até alguns metros, e salgada a partir daí. Isso é meio ruim para os mamíferos marinhos, mas este é um projeto que sofreu, desde o início, diversas restrições de espaço.

Qual o instinto que diz às piranhas que o melhor é manter distância de você?

* * *

Assim que você volta à tona, o qworila a agarra – a palma pesada, áspera, aromática, cobre-lhe a calva; os dedos se fecham envolvendo a curvatura de seu queixo – e o animal a arremessa de encontro ao tronco mais próximo.

O estrondo do impacto soa mais como uma *explosão* do que como *colisão* e, confesso, me assusta. Já o fato de que é o tronco que se parte, é a árvore que cai, enquanto você gira no ar e se posiciona, intacta, com os pés firmemente plantados na terra lodosa, assusta não a mim, que já esperava por isso, mas ao qworila.

A fera urra um grito de alerta, mas é tarde. Seus filhotes – só qworilas fêmeas atacam de surpresa – soltam-se os galhos das árvores ao redor e chovem sobre você, cada um com quatro mãos fortes dotadas de garras, e dentes que poderiam fazer inveja a um dos grandes felinos.

Você salta girando, de início com os braços e pernas juntos ao tronco – por um segundo é como se pairasse no ar, em posição fetal – mas então, enquanto gira, expande-se: cotovelos, punhos, joelhos e pés se projetam com violência à direita, à esquerda, adiante. A cada estágio da expansão corresponde um impacto. A cada impacto, um filhote de qworila cai, coberto de sangue, no chão.

Seus cotovelos quebram pescoços; seus joelhos rompem estômagos. Seus dedos, esticados, vazam olhos; seus pés esmagam pulmões.

Seu sexo exala um cheiro picante de pura ameaça; um neurotransmissor que lubrifica a passagem do medo. Pássaros, e mesmo os morcegos, fogem em revoada; os ratos d'água gritam e correm.

Você volta a tocar o chão. Oito cadáveres a acompanham.

A mãe grita, não mais em alerta, mas com ódio. Em menos de um segundo, a ira cresce até superar tanto a cautela natural da fera quanto o pânico induzido pelo neurotransmissor. O que os antigos costumavam dizer sobre a natureza e a fúria das mães?

Em dois saltos, o grande macaco carnívoro está sobre você. As garras dos braços mergulham em seus seios, enquanto os dedos dos pés se enterram em suas nádegas.

Você mexe a cabeça rápido, ergue o ombro, e as presas que visavam seu pescoço se cravam no bíceps.

Se você fosse um macho, isto seria uma cópula.

Você não liga. A dor é perfeitamente suportável. O importante é que a garganta da criatura está, agora, a seu alcance.

Você a arranca com os dentes.

* * *

Suas feridas saram rápido. Sangue e carne crua ajudam a acelerar o processo.

Assim que você emerge de seu segundo mergulho no Grande Lago, eu me apresento.

– Boa tarde! – você me ouve dizer, enquanto as emissões ultrassônicas de minha garganta estimulam a parte correspondente de seu córtex auditivo: eu não sei exatamente de que maneira os códigos paralelos mais complexos, como o uso de tom e ênfase para comunicar emoção ou pontuação, evoluíram nestes anos. Não quero correr o risco de ser mal interpretada. – Seja bem-vinda ao Museu Terra. Pedimos encarecidamente que os visitantes evitem interagir com o conteúdo da exposição.

Esta última parte da saudação soa meio estúpida em vista do combate recente com os qworilas, mas o protocolo é o protocolo. Não tenho muita escolha a respeito.

Há uma beleza selvagem na forma como seu corpo se posiciona assim que o primeiro "som" de minha "voz" chega a você. É como olhar para um nu neoclássico original, algo saído diretamente do velho Movimento Olimpiano de Hong Kong.

– Quem é você, Bruxa? Que plano é aqui?

Eu caminho em sua direção, devagar, sorrindo, com as mãos espalmadas à mostra, perfeitamente visíveis. Sou pequena – meus olhos estão na mesma altura que seu umbigo. São grandes e redondos. Ao contrário de você, tenho cabelos – negros, longos atrás, com uma franja bem curta sobre a testa.

Fui projetada para fazer com que as pessoas se sintam à vontade. Não sei se os receptores subliminares da humanidade lá fora ainda reagem do mesmo modo à minha aparência e linguagem corporal, mas acho que seus instintos começam a lhe dizer para relaxar. Posso ver que os nós de músculo que saltaram de seus ombros para envolver o pescoço, durante a luta, já são menos evidentes.

– Sou sua Guia. Este é o Museu Terra – digo, respondendo às suas perguntas.

– Como vim parar aqui?

– Numa emanação cármica – respondo, em vez de dizer "num feixe de teletransporte". Enquanto eu observava você, a Curadoria trabalhava para traduzir seu contexto e me transmitia as descobertas. Ainda não sei tudo sobre o lugar de onde você veio, ou como você pensa, mas estou chegando lá.

– Você roubou minha alma?

– O carma foi enviado para cá. Nós o recebemos da melhor maneira possível. Faz tempo que não temos visitantes. Você é bem-vinda!

O feixe de transporte viera num ângulo errado e, por conta disso, havia acumulado uma energia absurda – um desvio fantástico para o azul. Poderíamos ter dissipado a radiação sem problemas, mas isso não seria aceitável: era óbvio que havia vida codificada no raio, e se ele fosse dissipado você teria morrido. Então, fizemos o melhor possível para trazê-la para dentro.

– Meu espírito – você diz –, não vinha para cá.

Ao processar o feixe de teletransporte, tínhamos, por necessidade, lido boa parte da informação contida nele – acho que você poderia dizer que tínhamos lido não só seus átomos, mas também sua mente. Partes dela, de qualquer maneira. Então, sabíamos alguma coisa sobre sua missão. Tínhamos alguma ideia da guerra. E estávamos começando a compreender o resto.

Percebemos que, tragicamente, o Museu havia passado muito tempo sem contato com o mundo lá fora.

Estamos cara a cara, você e eu. Ou cara a umbigo. Você parece relaxada.

Sinto um cheiro novo, adocicado, vindo de sua virilha. Levemente narcótico. Poção do amor? Soro da verdade?

– Você vai me dizer o que sabe?

– Sei apenas do Museu, que é onde estamos – respondo. – Foi para cá que você veio.

– Este lugar é muito grande – você insiste, enquanto seus

dedos brincam com meu cabelo, descem até minha nuca. Carinho? Ameaça? – Parece um novo plano, e não...

Você se cala.

O cheiro doce é sutil, mas quase que posso visualizar as moléculas trabalhando em meu cérebro, fazendo com que eu queira ser agradável, muito agradável, o mais agradável possível. De certa forma, o perfume enfatiza minha diretriz original de Guia. Com algum esforço e sentindo a língua pesada, pergunto:

– Já ouviu falar na Contração de Lorentz?

– O que é isso?

– Quando uma coisa viaja muito rápido, ela parece menor por fora do que por dentro.

Você ignora a informação. Tento mais uma vez:

– Dilatação do tempo?

Desta vez, você descarta a questão e pergunta:

– Este é um outro plano, não é?

– Este é o Museu Terra – respondo, sorrindo. Explicar o Museu, afinal, é minha função primária. – Onde se decidiu que os grandes tesouros de Gaia ficariam preservados, depois que a humanidade resolveu desmontar o planeta para construir a Esfera.

– Você está falando dos Deuses Antigos que desfizeram a Lenda e criaram o Mundo? Mas os tesouros do Tempo da Lenda transcenderam conosco. Os Lugares Sagrados...

– Não o Vaticano, o Taj Mahal, Paris ou a Grande Cúpula de Zimbábue. Tudo isso foi integrado à Esfera. Os *outros* tesouros... Os que não sobreviveriam à transformação: os grandes rios. Algumas das montanhas. Plantas. Animais...

– Então, estamos no Volhala? No refúgio dos deuses? – você pergunta, enquanto agacha para me olhar nos olhos. Seu tom de voz, somado ao perfume de sua virilha, me leva às lágrimas: uma agonia sincera. Estou perdidamente apaixonada por você. Seu sorriso, que vejo agora pela primeira vez, é mais belo que a projeção de Saturno cingido pela Via Láctea, a imagem que enche nossos céus à noite.

Sem aviso, você se ajoelha, encosta a cabeça em meu ombro e pede, baixinho:

– Preciso de sua ajuda, pequena deusa! Vai me ajudar?

– Sim – respondo, com a voz embargada, abraçando você, minha vida, minha luz, meu amor. – Claro que sim.

* * *

Estamos caminhando já há dois dias quando, finalmente, chegamos ao castelo. Dois dias foi o tempo que a Curadoria precisou para criá-lo – um complexo de cavernas e desenhos mais ou menos abstratos esculpido numa antiga montanha, removida e levada até o local só para nós.

Nesse período você viu a noite, dominada pelo planeta gigante e seu anel de bilhões de estrelas. Na verdade, trata-se apenas de uma tela de apresentação – a face interna da cúpula do Museu pode ser programada para mostrar o céu noturno tal como seria visto da superfície de Gaia-Terra em qualquer latitude, longitude, data ou horário.

Nesses dias e noites você também caçou para que tivéssemos o que comer. Tentei lhe explicar que não era necessário, mas não adiantou. Insisti um pouco, mas... Depois, entendi.

As caçadas faziam você se sentir forte. No controle.

– Votán vive aqui? – pergunta você, enquanto caminhamos pela planície que leva ao castelo.

Eu respondo com um aceno da cabeça. Você sorri, nervosa.

– E ele vai me ajudar?

– Não sabemos nada sobre sua guerra – digo eu. – Quero dizer, não sabíamos. Mas agora...

Você sorri, de novo. Desta vez, o nervosismo é menos aparente, mas ainda está lá.

Tenho uma vontade louca de beijá-la na boca.

Sinto-me estranha. É como se minha mente tivesse sido dividida em duas: a parte que faz interface com você imersa nesta paixão absurda, totalmente sob seu poder, enquanto a parte que faz interface com a Curadoria continua ligada, unida, submissa aos interesses e projetos do Museu.

Minha individualidade, se é que tenho alguma, está contida entre essas duas extremidades. Presa entre dois pontos: um segmento de reta.

Novos dados sobre a vida na Esfera – sobre você – chegam, sem parar, vindas dos filtros da Curadoria. Essas informações, minha mente correlaciona com o que você me diz ao longo de nossa caminhada rumo ao castelo, às coisas de que falamos ao redor da fogueira, enquanto comemos, ou deitadas sobre a relva, antes de dormir. O produto é enviado de volta à Curadoria que, então, me fornece uma versão final, limpa e contextualizada, do que há para aprender.

E eu aprendo. Sei, por exemplo, que a guerra que você luta, há séculos, opõe duas facções, chamadas "Bruxas" e "Fadas". Que você é uma "Fada". Que os módulos interdependentes da grande Esfera que envolve o Sol são "planos de existência"; que as linhas de teletransporte entre os módulos são "emanações cármicas"; que as viagens entre os módulos são "mortes" na partida e "encarnações" na chegada.

Mais interessante ainda, compreendo que você, de fato, nunca viu uma Bruxa. Na verdade, sua tradição diz que ninguém vê uma Bruxa e vive para contar a história.

As Bruxas, diz essa mesma mitologia, habitam Chintav, o módulo localizado no pólo da Esfera oposto a Yeom, o Berço das Fadas. E as Fadas lutam uma guerra interminável, contra máquinas e monstros, para "transcender os planos de existência", "ascender espiritualmente" por meio de diversas "encarnações" e finalmente chegar a Chintav, derrubar as Bruxas e instaurar uma Nova Ordem, uma abstração conhecida pelo nome de Nirnâva.

* * *

A grande montanha esculpida foi colocada sobre um planalto rochoso, cercado por uma planície coberta de capim roxo que ondula ao vento – como a cabeleira de um gigante vaidoso – e enormes girassóis. O acesso da planície ao planalto se dá por meio de uma escadaria natural, aparentemente cortada na pedra por um fluxo de água que deixou de existir há muito tempo.

Alguns dos degraus da escada são ocos, minados pela corrente subterrânea, e soam alto a cada passo seu.

– É o Caminho da Aldrava – explico, repetindo o que a Curadoria me diz. – Assim, o Senhor saberá que há visitantes chegando.

Do ângulo em que estamos, os relevos desenhados ao longo da montanha – do castelo – parecem-se com olhos. Milhares deles, observando-nos, todos girando em nossa direção, acompanhando cada movimento que fazemos.

Na verdade, somos nós que giramos, ao seguir o traçado curvo da escada, mas saber disso não diminui em nada o efeito.

Você, porém, não parece impressionada. Isso requer um belo bocado de esforço, mas você realmente consegue não parecer nada impressionada.

Quando chegamos ao castelo, a porta já está aberta. Um homem nos aguarda – pequeno, de nariz comprido, envolto em trapos brilhantes, envelhecido. A Curadoria me informa de que todo o elenco do edifício é masculino: não queremos que você tenha a impressão de que esta é uma armadilha das Bruxas.

– Bem-vindas, donzelas viajantes – diz o velho. Suas boas-vindas não soam como as minhas. Não são sinceras. Há uma ponta de sarcasmo na forma como diz "donzelas". – O Grande Votán as aguarda. Por aqui, por favor.

Você permite que eu entre primeiro.

Atravessamos um corredor amplo, com teto em forma de ogiva e ladeado por colunas com patas de leão na base e enormes mãos humanas, abertas, no topo: segurando, literalmente, o peso dos grandes arcos.

A luz flui de pequenas aberturas em forma de losango, colocadas a meia-altura nas paredes de rocha polida.

Seguimos o velhote narigudo até o fim do corredor, viramos à direita, andamos mais um pouco e chegamos a uma grande sala, com uma mesa enorme ao centro. A mesa é parte do piso. Esculpida no mesmo leito de rocha, ergue-se dele sem nenhuma descontinuidade aparente.

Sentado à mesa, em um trono rochoso, está o avatar escolhido pela Curadoria.Votán, pai dos deuses. Um homem alto, forte, barbado, com um olho brilhante ao lado de uma órbita vazia. O corpo, uma massa de músculos e cicatrizes, vestido em peles. Há uma lança apoiada à direita do trono. Suas mãos estão calçadas em luvas que parecem feitas de ossículos tirados dos dedos de cadáveres.

Ao vê-lo, eu me inclino, você me imita. A um sinal dele, nos aproximamos. Sinto ciúme: você começa a exalar seu cheiro doce, tentando seduzi-lo.

Seguro o choro o melhor que posso.

Votán ergue a mão esquerda e estala os dedos – o estalo é como o som de um trovão, e faz saltar uma faísca amarela, súbita, ofuscante, seguido por uma nuvem tênue de fumaça. Fogos de artifício na luva?

De repente, o perfume que vinha de seu sexo desaparece do ar, neutralizado.

Votán sorri para você:

– Não tente me enfeitiçar, pequena Fada.

Você se ajoelha. Sem baixar a cabeça, responde:

– Se o ofendi, senhor, foi pelo desespero de minha causa...

Votán balança a cabeça, paternal:

– Não há mais "causas" aqui, menina. Você sabe onde está, não sabe?

Minha querida Fada, você hesita apenas um segundo antes de responder:

– Se o senhor é Votán, este é o Volhala.

– E o que é o Volhala?

– É o plano para onde vão as Fadas... as Fadas...

– As Fadas que morrem sem transcender. Ao menos, é isso o que algumas de vocês pensam. Mas, para outras, Volhala é o lar das Fadas que realizam a maior de todas as transições. É a recompensa final. Chegar ao Volhala é ter ascendido ao máximo. É crescer para além do mero jogo e entrar na realidade. Volhala é o plano definitivo, o plano eterno. Você conquistou o direito de estar aqui. Alegre-se!

A exortação de Votán ricocheteia nas paredes e volta, multiplicada por um eco poderoso que não tinha estado lá até o momento anterior.

Respeitosamente, você se levanta.

– Senhor, eu morri e parti de meu plano com a missão de interceptar uma arma, uma arma poderosa, de energia infinita, que se aproximava de nós. Minha missão não está completa. Como posso ser digna?

– A "arma" que suas irmãs pressentiram no vácuo entre os planos era, na verdade, o Volhala. Você não pode ser culpada pela ignorância delas. E, o mais importante: de todas as Fadas, só você teve a coragem de morrer para ser lançada ao desconhecido. Essa é a coragem que está sendo recompensada.

– Mas...

– Mas, basta: você e a pequena Guia, vão para seu quarto. Descansem. Esta noite, vocês jantarão no salão dos Heróis!

Votán se levanta, dando a audiência por encerrada. O velhote reaparece – se é que havia se afastado – e nos conduz de volta ao corredor.

* * *

Estar com você no quarto é... Difícil dizer. Estranho, sem dúvida. Excitante, também. E assustador.

Você não precisa mais de mim. Sua química – seu "feitiço" – e a vocação que carrego já me induziram a lhe dar tudo que você acreditava ser necessário. Seu acesso a Votán está garantido. De que lhe serve, portanto, esta pequena Guia?

Agora estamos sozinhas neste quarto, escavado e esculpido na rocha cinzenta da montanha. Parte de mim está paralisada com medo e expectativa, com os olhos molhados. Outra parte sorri, cheia de outro tipo de expectativa, uma hipótese em formação, quase que intoxicada pela curiosidade.

Devo parecer muito estranha, chorosa e sorridente ao mesmo tempo.

Estou sentada na cama e ouço você saindo do chuveiro. Será que havia camas e chuveiros lá no módulo – desculpe, plano de existência – da onde você veio? A Curadoria provavelmente já sabe disso, mas a informação ainda não chegou aqui.

Sua pele está avermelhada, quente, evaporando a água quando você aparece na soleira entre o banheiro e o quarto propriamente dito.

Envolta em neblina, você se volta para mim. Fico surpresa ao notar a limpidez de seu olhar. Nada de piedade nos contornos, nenhuma dissimulação no brilho. Processo esses dados e meu medo vira esperança, minha curiosidade se eleva.

Você sorri.

O chão se abre.

Não há estrondo, apenas um som como o de tecido rasgado. De repente há uma cratera por debaixo da cama, e eu me vejo caindo, enquanto duas sombras sobem, passam por mim, projetam-se em direção ao ponto de luz, acima, que é a abertura cada vez mais distante.

Ouço sua voz gritar:

– Trolòs!

* * *

Os trolòs emergem da cratera um segundo antes de a abertura se fechar. São máquinas de metal escuro, cilindros longos como um braço estendido, cobertos por milhares de agulhas, mais finas e flexíveis que cabelo humano, muito compridas, extremamente resistentes, capazes de cortar diamante e perfurar aço. Também há quatro braços articulados, terminados em tenazes. E de cada extremidade do cilindro parte uma "cauda" longa, um chicote feito de agulhas trançadas.

Você conhece os trolòs. Eles são parte do arsenal das Bruxas. Você já enfrentou um deles, uma vez, e teve sorte em sobreviver. Contra dois...

Um trolò escala a parede mais próxima usando as agulhas como se fossem as pernas de um inseto, perfurando a rocha para ganhar apoio. O outro se desloca pelo chão, descrevendo um arco amplo que parece se afastar mais e mais de você.

Sem aviso, a máquina que estava no chão dá um salto, girando e gritando no ar. O movimento inesperado e o som estridente distraem você. Nesse instante, o trolò preso ao teto projeta uma cauda em sua direção.

Não é o som do chicote, mas uma mudança sutil no deslocamento do ar que a avisa a tempo. Você salta, e a cauda que teria perfurado seu coração apenas amputa o dedo mínimo de seu pé esquerdo. Você ignora a dor, e rola, ao mesmo tempo em que baixa a cabeça e cruza os braços do peito. Os músculos especiais de proteção dilatam-se não apenas ao redor do pescoço, mas também em torno do tórax e, numa massa densa, disforme, em punhos, antebraços e coxas.

O trolò que havia saltado para distraí-la agora gira no ar, caindo sobre você. Com um grito de ódio, você projeta as duas pernas para cima – calos especiais acabam de irromper, dolorosamente, da sola de seus pés – e chuta. A máquina guincha em protesto, enviando algumas agulhas, como âncoras, para dentro da crosta protetora do calcanhar direito. Você não sente dor, mas um ponto de luz azul surge na periferia de seu campo visual, indicando que a calosidade está sob ataque químico.

As duas caudas do trolò atacam, numa tentativa de perfurar seus olhos. Mudando bruscamente o ângulo do joelho direito – luz turquesa indica dano ao ligamento – você tensiona a âncora que a máquina deixou em seu calcanhar e faz o corpo cilíndrico girar, estragando a mira das caudas, que em vez de vazar-lhe os olhos enterram-se na placa muscular abaixo das axilas.

Você entra em modo anaeróbico, já contando com a perfuração dos pulmões em zero vírgula três segundos e, no meio segundo que – estimativa projetada na retina – o monstro levará para abrir caminho até o coração, seus punhos cerrados mergulham, sofrendo cortes, queimaduras e contusões, no âmago da máquina.

Seu coração ainda bate quando o trolò pára.

Você estaria exultante, não fosse pelo som do segundo trolò se aproximando.

Mas então um raio de luz enche o quarto, seguido de um som de trovão e da voz de Votán, gritando algo que você não entende.

* * *

– É inacreditável que as Bruxas tenham decidido atacar o Volhala – Votán diz, setenta horas depois, parado diante da porta do castelo. Você está montada num cavalo negro, Peqáso, que o mordomo narigudo trouxe de algum lugar. Não há sela, rédeas ou freio; suas mãos mergulham na crina exuberante.

– Elas devem ter seguido meu espírito – você responde, repetindo algo que lhe foi sugerido diversas vezes durante sua recuperação, na enfermaria do castelo.

– Elas viram como suas máquinas de destruição não são nada diante do meu poder. Não creio que voltem.

Você responde:

– Elas ainda estão aqui, Senhor. Elas ainda têm a Guia.

– Sim, a Guia *ainda* está no Volhala. Posso senti-la. Mas não consigo saber exatamente... Ela deve estar, talvez não com as Bruxas, mas com algum deus traiçoeiro, capaz de se contrapor até mesmo aos *meus* poderes!

Você sorri:

– Não se preocupe, Senhor Votán. Vou encontrá-la. E com esta ajuda que o Senhor me concedeu – você bate no cabo de Ezcalibòr, a espada amarrada às suas costas, e acaricia a cabeça de Miiownyir, o martelo que pende de sua cintura – tenho certeza de que conseguirei libertá-la de quem quer que a mantenha prisioneira.

Votán balança a cabeça:

– Assim espero, bela Fada, Assim espero.

Você parte a galope. Assim que Peqáso some no horizonte, eu saio de trás da porta – onde Votán, o avatar da Curadoria, havia me mantido, invisível.

– Ela me ama – digo eu.

– Ou apenas se sente responsável. Ou quer conquistar a boa-vontade de Votán para sua guerra. Guerra! – Votán ri. – Você sabe quanto tempo já se passou na Esfera desde que ela chegou aqui?

Dou de ombros.

– Eu a amo – digo.

– O sistema de julgamento de seu cérebro foi violado por um ataque químico – responde a Curadoria.

– Eu a amo – respondo.

– Bom, talvez seja mesmo a mesma coisa.

– Vou voltar a vê-la?

– Quando ela estiver bem adaptada, por que não? Uma Fada-Guerreira e sua donzela em perigo são, pelo que conseguimos entender, parte importante da cultura humana da Esfera. Segundo a Curadoria, representam uma atualização importante de nosso acervo.

– Essa esperança é o que me sustenta.

Votán ri. O vento ondula a grama e os girassóis. Às nossas costas, o castelo começa a desaparecer.

The Schroedinger Show

Um dia, o super-pop-megastar ouviu falar da experiência do Gato de Schroedinger: um gato numa caixa, com um tubo de veneno. O tubo ligado a um detector, ligado a um átomo. Se o átomo se desintegra, o veneno escapa, o gato morre. Mas, até que alguém olhe, diz a ciência, o átomo está numa "sobreposição de estados": inteiro e desintegrado ao mesmo tempo. Portanto, o gato está vivo e está morto. Ele só decide pra valer quando aparece um xereta.

"Qualé, meu?"

"Mecânica quântica, cara. Maior piração".

"Não é assim que o teletransporte funciona?", perguntou então o super-pop. E a resposta: "Sei lá, cara. Acho que sim". Dois segundos depois, entediado, o megastar ativou o biochip atrás da orelha e mergulhou na GWN, a Galaxy-Wide-Neuronet.

E era isso aí: o teletransporte usava a tal "mecânica quântica". "Maneiro, meu", disse o megastar, pois vivia-se numa era de gírias retrô.

"Superbacana".

Duas horas depois, a mídia anunciava que o super-pop-megastar iria realizar um "Schroedinger Show". Palcos seriam montados nos principais planetas. Em cada palco haveria equipamento de som, além de um terminal de teletransporte, um gerador holográfico e um único átomo isolado, ligado a um detector. No alto do palco, no que seria o ponto mais visível para a plateia assim que as cortinas caíssem, um medidor registraria o estado do átomo.

Três segundos antes da hora H, o super-pop-megastar entraria no teletransporte de sua casa.

Nos palcos, no mesmo instante, as cortinas cairiam.

E onde o megastar iria surgir? No palco onde a plateia visse que o átomo havia se desintegrado!

E as outras plateias?

Elas ficariam com a transmissão holográfica subespacial.

Neuro-sites especializados denunciaram o "Schroedinger Show" como um esquema para cobrar por duas centenas de shows ao vivo onde haveria apenas um. O megastar respondia: "Eu vou estar presente e ausente ao mesmo tempo, cara. Piração, meu. Mecânica quântica, cara. Quântica. Sacou?"

Cientistas evitaram comentar o assunto. Havia um mau pressentimento no ar.

Pois, e se o indicador desse positivo *em mais de um palco*?

No final, num paradoxo físico sem precedentes, 199 plateias realmente viram o show ao vivo – e o holograma falhou na última, onde, na verdade, quase só havia críticos e convidados.

Não houve uma crise cósmica, nem foi preciso chamar a frota ou a legião. Mas 199 artistas idênticos – processando-se mutuamente por pirataria – foi algo que manteve as cortes ocupadas até o fim do Universo.

Este livro foi impresso em papel pólen bold na
Renovagraf em agosto de 2013.